Luigi Pirandello

L'umorismo

parte prima

alla buon'anima

di mattia pascal

Bibliotecario

Parte prima

I. La parola "Umorismo"

Alessandro D'Ancona, in quel suo notissimo studio su Cecco Angiolieri da Siena, dopo aver notato quanto vi sia di burlesco in questo nostro poeta del sec. III, osserva: «Ma per noi l'Angiolieri non è soltanto un burlesco: bensì anche, e più propriamente, un umorista. E qui i camarlinghi della favella ci faccian pure il viso dell'arme, ma non pretendano di dire che in italiano bisogna rassegnarsi a non dir la cosa, perché non abbiam la parola».

E, accortamente, in una nota a piè di pagina, soggiunge: «È curioso però che il traduttore francese di una dissertazione tedesca sull'*Humour*, inserita nel *Recueil de pièces intéressantes, concernant les antiquités, les beaux-arts, les belles-lettres et la philosophie, traduites de différentes langues*, citando il Riedel, *Theor. d. Schönen Künste*, 1. artic. *Laune*, sostenga che sebbene gli Inglesi, ed il Congreve in particolare, rivendichino per sé i vocaboli *humour* e *humourist*, "il est néanmoins certain qu'ils viennent de l'italien"».

E quindi il D'Ancona riprende: «Del resto, poi, la nostra lingua ha umore per *fantasia, capriccio*, e umorista per *fantastico*: e gli *umori* dell'animo e del cervello ognun sa che stanno in stretta relazione con la poesia *umorista*. E l' Italia ebbe ai suoi tempi le accademie degli *Umorosi* a Bologna ed a Cortona e degli *Umoristi* in Roma e speriamo che i mali umori della politica non le facciano mai venir meno i begli umori nel regno dell'arte».

La parola *umore* derivò a noi naturalmente dal latino e col senso materiale che essa aveva di corpo fluido, liquore, umidità o vapore, e col senso anche di fantasia capriccio o vigore. «*Aliquantum habeo humoris in corpore, neque dum exarui ex amoenis rebus et voluptariis*» (Plauto). Qui *humor* non ha evidentemente senso materiale, perché sappiamo che, fin dai tempi più antichi, ogni umore nel corpo era ritenuto segno o cagione di malattia.

«Li uomini, - si legge in un vecchio libro di mascalcìa, - hanno quattro umori: cioè lo sangue, la collera, la flemma e la malinconia: e questi umori sono cagione delle infermità degli uomini. E in Brunetto Latini: «Malinconia è un umore, che molti chiamano collera nera, ed è fredda, e secca, ed ha il suo sedio nello spino» - com'è in somma nel latino di Cicerone e di Plinio. Sant'Agostino poi in un suo sermone ci fa sapere che «i porri accendono la collera, i cavoli generano malinconia» .

Sarà bene, trattando dell'umorismo, tener presente anche quest'altro significato di malattia della parola umore, e che *malinconia*, prima di significare quella delicata affezione o passion d'animo che intendiamo noi, abbia avuto in origine il senso di bile o fiele e sia stata per gli antichi un umore

3

nel significato materiale della parola.

Vedremo appresso la relazione che le due parole *umore* e *malinconia* avranno tra loro assumendo un senso spirituale.

Diciamo intanto che tal relazione, se non mancò affatto nello spirito della nostra lingua, certo non vi apparve chiaramente. Da noi, infatti, la parola umore o serba il significato materiale, tanto che un proverbio toscano può dire: «Chi ha umore non ha sapore» (alludendo alle frutta acquose); o, se assume un significato spirituale, esprime sì inclinazione, natura, disposizione o stato passeggero d'animo o anche fantasia, pensiero, capriccio, ma senza una qualità determinata; tanto vero che dobbiamo dire umor *tristo* o *gajo*, o *tetro*, *buono* o *cattivo* o *bell'umore*, ecc.

In somma, la parola italiana *umore* non è la inglese *humour*. Questa, come dice il Tommaseo, racchiude e contempera le nostre espressioni *bell'umore*, *buonumore*, e *malumore*. C'entrano un po', dunque, i cavoli di Sant'Agostino.

Discutiamo adesso su la parola, non su la cosa: è bene avvertirlo, perché non vorremmo si credesse che a noi manchi veramente la cosa per il solo fatto che la parola nostra non riuscì idealmente a serbare e a contemperare in sé ciò che già materialmente includeva.

Vedremo che tutto, in fondo, si riduce a un bisogno di più chiara distinzione che sentiamo noi, perché, o *bello* o *buono* o *tetro* o *gajo*, umore è sempre, e non è diverso dall'inglese nell'essenza, ma nelle modificazioni che naturalmente vi imprimono la lingua diversa e la varia natura degli scrittori.

Del resto, non si creda che la parola inglese *humour* e il suo derivato *umorismo* siano di così facile comprensione.

Il D'Ancona stesso, in quel suo saggio su l'Angiolieri, su cui più tardi dovremo ritornare, confessa: «S'io dovessi dare una definizione dell'*umorismo* sarei davvero molto impacciato». Ed ha ragione. Tutti dicono così.

Piuttosto no 'l comprendo, che te 'l dica.

Di tutte quelle tentate nei secoli XVIII e XIX parla, in un suo studio già citato, il Baldensperger, per concludere, a modo del Croce, che: «*il n 'y a pas d'humour, il n 'y a que des humouristes*», come se per poter dire o riconoscere che questo o quello scrittore è un umorista, non si dovesse avere un qualche concetto dell'umorismo, e bastasse sostenere, come fa il Cazamian, citato dallo stesso Baldensperger, che l'umorismo sfugge alla scienza, perché gli elementi caratteristici e costanti di esso sono in piccolo numero e sopra tutto negativi, laddove gli elementi variabili sono in numero indeterminato. Sì. Anche l'Addison stimava più facile dire ciò che l'*humour* non è, che dire ciò che è. E tutte le fatiche che si son fatte per definirlo ricordano veramente quelle speciosissime che si fecero nel secolo XVII per definir l'*ingegno* (oh, il *Cannocchiale aristotelico* di Emmanuele Tesauro!) e il *gusto* o *buon gusto* e quell'ineffabile *non so che*, per cui il Bouhours scriveva: «Les Italiens, qui font mystère de tout, emploient en toutes rencontres leur *non so che*: on ne voit rien de plus commun dans leurs poetes». Gl'Italiani «qui font mystère de tout». Ma andate a domandare ai Francesi che cosa intendono per *esprit*.

Quanto all'umorismo, «certo è, - seguita il D'Ancona, - che la definizione non è facile, perché l'umorismo ha infinite varietà, secondo le nazioni, i tempi, gl'ingegni, e quel di Rabelais e di Merlin Coccajo non è una cosa coll'umorismo dello Sterne, dello Swift o di Gian Paolo, e la vena umoristica dell'Heine e del Musset non è di egual sapore. Non vi ha poi forse alcun altro genere nel quale sia, o dovrebbe esser più sottil differenza dalla forma prosaica alla poetica, per quanto ciò non venga sempre avvertito dai lettori, e neanche dagli scrittori. Ma di ciò e delle ragioni di queste differenze, e delle varietà fra l'*umore* e la satira e l'epigramma e la facezia e la parodia e il comico d'ogni foggia e qualità, e se, come vuole il Richter, alcuni *umoristi* sieno semplicemente *lunatici*, non è qui il luogo di discutere. Certo è questo, che un fondo comune vi è in tutti coloro che la voce pubblica raccoglie sotto la stessa denominazione di *umoristi*».

L'osservazione in fondo è giusta; ma - piano con la voce pubblica! - vorremmo dire al D'Ancona. «Dopo la parola romanticismo, la parola più abusata e sbagliata in Italia (*in Italia soltanto?*) è quella di umorismo. Se fossero realmente umoristi gli scrittori, i libri, i giornali battezzati con questo nome, noi non avremmo nulla da invidiare alla patria di Sterne e di Thackeray o a quella di Gian Paolo e di Heine. Non si potrebbe uscir di casa senza incontrar per la strada due o tre Cervantes e una mezza dozzina di Dickens... Vogliamo solo notare fin da principio che vi è una babilonica confusione nell'interpretazione della voce *umorismo*. Per il gran numero, scrittore umoristico è lo scrittore che fa ridere: il comico, il burlesco, il satirico, il grottesco, il triviale: - la caricatura, la farsa, l'epigramma, il *calembour* si battezzano per umorismo: come da un pezzo si costuma di chiamare romantico tutto ciò che vi è di più arcadico e sentimentale, di più falso e barocco. Si confonde Paul de Kock con Dickens, e il visconte d'Arlincourt con Victor Hugo».

Questo notava Enrico Nencioni, già fin dal 1884, in un articolo su la *Nuova Antologia* intitolato appunto *L'Umorismo e gli Umoristi*, che fece molto rumore.

Non si può dir veramente che la *voce pubblica*, in tutto questo lasso di tempo, si sia ricreduta. Anche oggi, per il gran numero, scrittore umoristico è lo scrittore che fa ridere. Ma, ripeto, perché in Italia soltanto? Da per tutto! Il volgo non può intendere i segreti contrasti, le sottili finezze del vero umorismo. Si confondono anche altrove la caricatura, la farsa bislacca, il grottesco con l'umorismo; si confondono anche là dove al Nencioni sembrava (e non a lui soltanto) che l'umorismo stesse di casa: non ha forse nome d'umorista Mark Twain, i cui racconti sono, secondo la sua stessa definizione, «una collezione di eccellenti cose, prodigiosamente divertenti, che strappano il riso anche dai volti più ingrugniti?».

Il giornalismo, un certo giornalismo si è impadronito della parola, l'ha adottata e, sforzandosi di far ridere più o meno sguajatamente a ogni costo, l'ha divulgata in questo falso senso.

Cosicché ogni vero umorista prova oggi ritegno, anzi sdegno a qualificarsi per tale. - Umorista, sì, ma... non confondiamo, - si sente il bisogno d'avvertire: - *umorista nel vero senso della parola.*

Come dire:

- Badate ch'io non mi propongo di farvi ridere facendo sgambettar le parole.

E più d'uno, per non passar da buffone, per non esser confuso coi centomila umoristi da strapazzo, ha voluto buttar via la parola sciupata, abbandonarla al volgo, e adottarne un'altra: *ironismo, ironista.*

Come da umore, umorismo; da ironia, ironismo.

Ma ironia, in che senso? Bisognerà distinguere, anche qui. Perché c'è un modo retorico e un altro filosofico d'intendere l'ironia.

L'ironia, come figura retorica, racchiude in sé un infingimento che è assolutamente contrario alla natura dello schietto umorismo. Implica sì, questa figura retorica, una contradizione, ma fittizia, tra quel che si dice e quel che si vuole sia inteso. La contradizione dell'umorismo non è mai, invece, fittizia ma essenziale, come vedremo, e di ben altra natura.

Quando Dante aggrava la riprensione eccettuando dal numero dei ripresi chi è più riprensibile, come per la brigata dei prodighi matti, allor che esclama: *...Or fu giammai - Gente sì vana?* e un dannato risponde: - *Tranne lo Stricca... E tranne la brigata*, oppure là dove dice:

Ogni uom v'è barattier fuor che Bonturo;

o quando rammenta il bene per esacerbare il sentimento del male, come fanno i diavoli al barattier lucchese:

...Qui non ha luogo il Santo Volto:

Qui si nuota altrimenti che nel Serchio;

o quando a chi parla fa rammentare i proprii vantaggi nell'usarli aspramente, come fa quell'altro diavolo che toglie a S. Francesco l'anima d'un reo, argomentando teologicamente su la penitenza, per modo che quell'anima presa da lui si sente dire:

Forse

Tu non pensavi ch'io loico fossi;

o quando esclama:

Godi, Firenze, poiché se' si grande;

oppure:

Fiorenza mia, ben puoi esser contenta

Di questa digression che non ti tocca

...

Or ti fa lieta, ché tu hai ben onde;

Tu ricca, tu con pace, e tu con senno...

dà mirabili esempii di ironia nel senso retorico della parola: ma né qui, né in altro punto, del resto, della *Comedia*, non è traccia d'umorismo.

Un altro senso, dicevamo, e questo filosofico, fu dato alla parola *ironia* in Germania. Lo dedussero Federico Schlegel e Ludovico Tieck direttamente dall'idealismo soggettivo del Fichte; ma deriva in fondo da tutto il movimento idealistico e romantico tedesco post-kantiano. L'Io, sola realtà vera, spiegava Hegel, può sorridere della vana parvenza dell'universo: come la pone, può anche annullarla; può non prender sul serio le proprie creazioni. Onde l'ironia: cioè quella forza - secondo il Tieck - che permette al poeta di dominar la materia che tratta; materia che si riduce per essa - secondo Federico Schlegel - a una perpetua parodia, a una farsa trascendentale.

Trascendentale più d'un po', osserveremo noi, questa concezione dell'ironia: né, del resto, se consideriamo per poco donde ci viene, poteva essere altrimenti. Tuttavia essa ha, o può avere, almeno in un certo senso, qualche parentela col vero umorismo, più stretta certamente che non l'ironia retorica, da cui, in fondo, tira tira, si potrebbe veder derivare. Qui, nell'ironia retorica, non bisogna prender sul serio quel che si dice; lì, nella romantica, si può non prender sul serio quel che si fa. L'ironia retorica sarebbe, rispetto alla romantica, come quella famosa rana della favola, la quale, trasportata nel macchinoso mondo dell'idealismo metafisico tedesco e abbottandosi qua più di vento che d'acqua, fosse riuscita ad assumere le invidiate proporzioni del bue. L'infingimento, quella tal contradizione fittizia, di cui parla la retorica, è diventata qua, a furia di gonfiarsi, la vana parvenza dell'universo. Ora ecco: se l'umorismo consistesse tutto nella puntura di spillo che svescia quella rana abbottata, ironia e umorismo sarebbero press'a poco la stessa cosa. Ma l'umorismo, come vedremo, non è tutto in questa puntura di spillo.

Al solito, Federico Schlegel non fece altro qui che esagerare idee e teorie altrui: oltre all'idealismo soggettivo del Fichte la famosa teoria del giuoco esposta dallo Schiller nelle 27 lettere *Ueber die aesthetische Erziehung des Menschen*.

Il Fichte aveva voluto, in fondo, compiere la dottrina kantiana del dovere: dicendo che l'universo è creato dallo spirito, dall'«Io», che è anche divinità, l'anima dell'essenza del mondo, che genera tutto ed è impersonale, che è volontà infaticabile, la quale racchiude in sé ragione, libertà, moralità; aveva voluto dimostrare il dovere dei singoli uomini di sottomettersi al volere della totalità e di tendere al culmine dell'armonia morale.

Ora, quest'«Io» del Fichte diventò l'«io» individuale, il piccolo «io» strambo del signor Federico Schlegel, che con un cannellino e un po' d'acqua saponata si mise allegramente a gonfiar bolle di sapone: vane parvenze d'universo, mondi; e a soffiarci su. E questo era il giuoco. Povero Schiller! Non poteva esser falsato in modo più indegno il suo *Spieltrieb*. Ma il signor Federico Schlegel prese alla lettera le parole: «des Mensch soll mit der Schonheit nur spielen, und er soll nur mit der Schonheit spielen. Denn, um es endlich auf einmal herauszusagen, der Mensch spielt nur, wo er in voller Bedeutung des Worts Mensch ist, und er ist nur da ganz Mensch, wo er spielt», e disse che per il poeta l'ironia consiste nel non fondersi mai del tutto con l'opera propria, nel non perdere, neppure nel momento del patetico, la coscienza della irrealtà delle sue creazioni, nel non essere lo zimbello dei fantasmi da lui stesso evocati, nel sorridere del lettore che si lascerà prendere al giuoco e anche di sé stesso che la propria vita consacra a giocare.

Intesa in questo senso l'ironia, ognun vede come a torto essa venga attribuita a certi scrittori, come ad esempio, al nostro Manzoni che della realtà oggettiva, della verità storica si fece una vera e propria fissazione, fino a condannare il suo stesso capolavoro. Né d'altra parte si può attribuire al Manzoni quell'altra ironia, la retorica, giacché nessuna contradizione fittizia si trova mai in lui tra quel che dice e quel che vuole sia inteso, contradizione frutto, di sdegno. Il Manzoni non si sdegna mai della realtà in contrasto col suo ideale: per compassione transige qua e là e spesso indulge, rappresentando ogni volta minutamente, in forma viva, le ragioni del suo transigere e del suo indulgere: il che, come vedremo, è proprio dell'umorismo.

La sostituzione di ironismo, ironista a umorismo, umorista non sarebbe quindi legittima. Dall'ironia, anche quando sia usata a fin di bene, non si sa disgiungere l'idea di un che di *beffardo* e di *mordace*. Ora, beffardi e mordaci possono essere anche scrittori indubbiamente umoristici, ma il loro umorismo non consisterà già in questa beffa mordace.

È pur vero però che a una parola si può per comune accordo alterare il significato. Tante parole che noi adoperiamo adesso in un senso, ne avevano un altro in antico. E se alla parola umorismo, come abbiamo veduto, s'è già veramente alterato il senso, non ci sarebbe in fondo nulla di male se - per determinare, per significare senza equivoco la cosa - venisse adoperata un'altra parola.

II. Questioni preliminari

Prima di entrare a parlar dell'essenza, dei caratteri e della materia dell'umorismo, dobbiamo sgomberarci il terreno di tre altre questioni preliminari:

1. se l'umorismo sia fenomeno letterario esclusivamente moderno;

2. se esotico per noi,

3. se specialmente nordico.

Queste tre questioni si ricollegano strettamente con quella più vasta e complessa della differenza dell'arte moderna dall'arte antica, lungamente agitata durante la lotta tra classicismo e romanticismo, per un verso; e, per l'altro, del romanticismo considerato dalle genti anglo-germaniche come una rivalsa contro il classicismo delle genti latine.

Vedremo in fatti ripresi nelle varie dispute su l'umorismo tutti gli argomenti della critica romantica, a cominciare da quelli dello Schiller, il quale, col saggio famoso *Ueber naive und sentimentalische Dichtung*, fu, a dire del Goethe, il fondatore di tutta l'estetica moderna.

Questi argomenti sono ben noti: il subiettivismo del poeta speculativo-sentimentale, rappresentante dell'arte moderna, in contrapposto con l'obiettivismo del poeta istintivo o ingenuo, rappresentante dell'arte antica; il contrasto tra l'ideale e il reale; la serenità marmorea, l'equilibrio dignitoso, la bellezza esteriore dell'arte antica contro l'esaltazione dei sentimenti, il vago, l'infinito, l'indeterminato delle aspirazioni, le melanconie, la nostalgia, la bellezza interiore dell'arte moderna; e da un canto le bassure del verismo della poesia ingenua, e dall'altro le nebbie dell'astrazione e il capogiro intellettuale della poesia sentimentale; l'azione del cristianesimo; l'elemento filosofico; l'incoerenza dell'arte moderna opposta all'armonia della poesia greca; le particolarità singole di fronte alle tipificazioni classiche; la ragione che s'interessa del valore filosofico del contenuto più che della vaghezza della forma esteriore; il sentimento profondo di un'interna disunione, di una doppia natura dell'uomo moderno, ecc. ecc.

Per darne qualche prova, citeremo ciò che scriveva il Nencioni in quel suo studio su *L'Umorismo e gli Umoristi*, di cui abbiamo già fatto parola: «L'antichità, nel suo felice equilibrio dei sensi e dei sentimenti, guardò con calma statuaria anche nelle tragiche profondità del destino. L'anima umana era sana e giovine allora, né il cuore e la intelligenza erano stati tormentati da trenta secoli di precetti e di sistemi, di dolori e di dubbi. Nessuna penosa dottrina, nessuna crisi interiore aveva alterato la serena armonia della vita e del temperamento umano. Ma il tempo e il cristianesimo hanno insegnato all'uomo moderno a contemplare l'infinito, a paragonarlo con l'effimero e doloroso soffio della vita presente. Il nostro organismo è continuamente eccitato e sovreccitato; e secolari dolori hanno umanizzato il nostro cuore. Noi guardiamo nell'anima umana, e nella natura con una simpatia più penetrante, e vi troviamo delle arcane relazioni e un'intima poesia ignote all'antichità... Il riso d'artista e la comica fantasia di Aristofane, alcuni dialoghi di Luciano, sono eccezioni. L'antichità non ebbe, né poteva avere, letteratura umoristica... Si direbbe che questa sia la caratteristica delle letterature anglo-germaniche. Il cielo crepuscolare e l'umido suolo del Nord sembrano esser più acconci a nutrire la delicata e strana pianta dell'umorismo».

Concedeva però il Nencioni che «anche sotto il cielo azzurro e nella vita facile delle razze latine» l'umorismo «ha talora fiorito e due o tre volte in modo unico, meraviglioso. E parlava in fatti del Rabelais e del Cervantes, e anche dell'umorismo «realista e vivente» di Carlo Porta e di quello «delicato e desolato» di Carlo Bini, e diceva il don Abbondio del Manzoni una creazione umoristica di prim'ordine.

Più reciso nella negazione fu Giorgio Arcoleo, il quale, pur ammettendo che la nota dell'umorismo, speciale della letteratura moderna, non manchi di legami col mondo antico, e pur citando quell'insegnamento di Socrate che dice: «Una è l'origine dell'allegria e della tristezza: nei contrapposti un'idea non si conosce che per la sua contraria: della stessa materia si forma il socco e il coturno», soggiungeva: «Questo lo intelletto greco pensava: ma l'Arte non potea esprimerlo: la percezione dei contrasti rimaneva nel campo astratto, perché diversa era la vita. La Teogonia avvolgeva l'anima nel mito; l'Epopea i fatti umani nella leggenda; la Politica le forze individuali nella suprema legge dello Stato. L'Antichità costrinse serenamente le forme nell'armonia del finito: vide il Ciclope o lo Gnomo, le Grazie o le Parche. Come la vita avea liberi o servi, onnipotenti o impotenti, così la scienza ebbe sorrisi o pianto: Eraclito o Democrito; e la letteratura ebbe tragedie o commedie. Tutt'al più il contrasto dalla sfera dell'intelletto passò nell'altra dell'immaginazione, si tramutò in fantasma, e allora Aristofane fece la satira dei sofisti, Luciano degli Dei. Ma se il Paganesimo si era obliato nella magnificenza delle forme e della natura, il Medio Evo si tormentò nei dubbii e nelle angosce dello spirito. Fu triste, ebbe sogni agitati da spettri: la potenza baronale finiva spesso nei conventi, la bellezza nei chiostri. La corruttela romana non seduceva neppure come ricordo: la dissoluzione del grande Impero aveva inoculato negli animi l'idea dell'impotenza. A rovescio del mondo antico: questo rimpiccolì nelle forme plastiche le energie soprannaturali; il Medio Evo le allargò nell'infinito: e, compreso dallo spazio e dal tempo, lo spirito umano si annullò con braminica rassegnazione. Tale depressione soffocò ogni spirito d'iniziativa e di ricerca. Nelle credenze sovraneggiò il dogma, nella scienza l'erudizione, nell'arte la copia, nel costume la disciplina. L'umanità nel suo periodo di decadenza romana avea sostenuto i dolori della vita coll'indifferenza dello stoico: ne avea cercato i piaceri con la sensualità dell'epicureo: nel Medio Evo volle sottrarsi alla vita con l'estasi: donde una nuova mitologia cristiana, popolata di rimorsi, di paure, di preghiere. Il pensiero seguiva la fede: il manuale di logica era un'appendice del catechismo. In tali condizioni dominava il terrore, si aspettava il finimondo... Finalmente nella materia come nello spirito sorge un nuovo mondo. E un periodo di esultanza e al tempo stesso di mestizia e di riflessione: ma si rivela con due tendenze spiccate, l'una presso le razze germaniche, l'altra presso le latine: lì il libero esame o la Riforma: qui il culto della bellezza e della forza, la Rinascenza. I contrasti si moltiplicano nelle istituzioni, nella vita privata, nei costumi, nelle leggi, nella letteratura... Non è antitesi percepita dall'intelletto o intravista dalla fantasia; non è lotta contro la natura umana, come nell'età di mezzo; è dissonanza che stride in tutte le sfere del pensiero e dell'azione: è il dissidio tra lo spirito nuovo e le forme vecchie. In tale situazione il trionfo dell'uno o dell'altra ha influenza decisiva sulle istituzioni, sulla scienza, sull'arte. Qui appunto va notata la differenza dei risultati nelle razze germaniche e nelle latine: differenza che spiega in gran parte perché l'umorismo ebbe tanto sviluppo presso le prime, e riuscì quasi nullo presso le seconde».

Ora, si dovrebbe innanzi tutto intendere che, prendendo in esame un'eccezionale e speciosissima espressione d'arte come l'umoristica, queste rapide sintesi, queste ideali ricostruzioni storiche, non sono ammissibili.

Come nella formazione d'una leggenda l'immaginazione collettiva rigetta tutti gli elementi, i tratti, i caratteri discordanti con la natura ideale d'un dato fatto o d'un dato personaggio ed evoca invece e combina tutte le immagini convenienti, così, nel tracciare in breve la sintesi d'una data epoca, inevitabilmente noi siamo indotti a non tener conto di tanti particolari in contradizione, delle singole espressioni. Non possiamo prestare orecchio alle voci che protestano in mezzo a un coro soverchiante. Nella lontananza, si sa, certi colori accesi, sparsi qua e là, si attenuano, si smorzano, si fondono nella tinta generale, azzurra o grigia, del paesaggio. Perché questi colori risaltino, riassumendo intera la loro individualità, bisogna che noi ci avviciniamo: riconosceremo allora come e quanto ci avesse ingannato la lontananza.

Seguendo le teorie del Taine, considerando i fenomeni morali come soggetti anch'essi al determinismo al pari dei fenomeni fisici, la storia umana come parte della naturale, l'opera d'arte come il prodotto di determinati fattori e di determinate leggi, e cioè di quella delle dipendenze e di quella delle condizioni, con le regole che ne derivano: del carattere essenziale o della facoltà dominante, dalla prima, delle forze primordiali, razza, ambiente, momento, dalla seconda; e vedendo esclusivamente nelle espressioni artistiche gli effetti necessarii di forze naturali e sociali; non penetreremo mai nell'intimità dell'arte, ci rappresenteremo per forza tutte le manifestazioni d'un dato tempo come solidali tra loro e complementari, per modo che ciascuna necessiti le altre e tutte insieme rispecchino quelle qualità che, secondo il nostro concetto o la nostra idea sommaria, le ha raccolte e prodotte; non già la realtà infinitamente varia e continuamente mutabile, e i singoli sentimenti di essa, varii infinitamente e continuamente mutabili anch'essi. Dopo aver considerato il cielo, il clima, il sole, la società, i costumi i pregiudizii, ecc., non dobbiamo forse appuntar lo sguardo sui singoli individui e domandarci che cosa siano divenuti in ciascuno di essi questi elementi, secondo lo speciale organamento psichico, la combinazione originaria, unica, che costituisce questo o quell'individuo? Dove uno s'abbandona, l'altro si rivolta; dove uno piange, l'altro ride; e ci può esser sempre qualcuno che ride e piange a un tempo. Del mondo che lo circonda, l'uomo, in questo o in quel tempo, non vede se non ciò che lo interessa fin dall'infanzia, senza neppure sospettarlo, egli fa una scelta d'elementi e li accetta e accoglie in sé, e questi elementi, più tardi, sotto l'azione del sentimento, s'agiteranno per combinarsi nei modi più svariati.

«L'Antichità costrinse serenamente le forme nell'armonia del finito.» Ecco una sintesi. Tutta l'antichità? Nessun antico escluso? «Il Ciclope o lo Gnomo, le Grazie o le Parche.» E non anche le Sirene, metà donne, metà pesce? «La vita non aveva che o liberi o servi .» E non poteva qualche libero sentirsi servo e qualche servo sentirsi libero entro di sé? Non cita lo stesso Arcoleo Diogene che «chiude il mondo nella botte, e non accetta la grandezza d'Alessandro, se gli toglie la vista del sole»? E che vuol dire che l'intelletto greco poteva percepire il contrasto e l'Arte non poteva esprimerlo perché la vita era diversa? Com'era la vita? O tutta pianto o tutta riso? E come faceva allora l'intelletto a cogliere il contrasto? Ogni astrazione bisogna che abbia per forza radice in un fatto concreto. C'era dunque il pianto *e* il riso, non il pianto *o* il riso; e se l'intelletto poteva cogliere il contrasto, perché non avrebbe potuto esprimerlo l'arte? «Tutt'al più - dice l'Arcoleo - il contrasto dalla sfera dell'intelletto passò nell'altra dell'immaginazione, si tramutò in fantasma, e allora Aristofane fece la satira dei sofisti, e Luciano degli Dei.» Che vuol dire quel *tutt'al più*? Se il contrasto dalla sfera dell'intelletto passò in quella dell'immaginazione e si tramutò in fantasma, vuol dire che divenne arte. E allora? Lasciamo andare Aristofane che, come vedremo, non ha nulla da fare con l'umorismo, ma Luciano non è soltanto autore del dialogo degli Dei. E andiamo avanti.

«Il mondo antico rimpiccolì nelle forme plastiche le energie soprannaturali.» Ecco un'altra sintesi. Tutto il mondo antico e tutte le energie soprannaturali? anche il fato? E tutta l'Italia del rinascimento «rimase nei suoi gusti pagana, serena; non ebbe curiosità, non intimità»? Vedremo. Parliamo d'umorismo e delle espressioni artistiche di esso, espressioni eccezionali e speciosissime, ripeto: ci basterebbe un umorista solo; ne troveremo parecchi, in ogni tempo, in ogni luogo; e diremo la ragione per cui i nostri segnatamente ci debba parere che non siano tali.

Tutte le partizioni sono arbitrarie. Poco dopo la pubblicazione del saggio del Nencioni, che negava - come abbiamo veduto - all'antichità una letteratura umoristica, non solo, ma anche la possibilità di averla, sorsero da noi prima il Fraccaroli, con uno studio intitolato appunto *Per gli Umoristi dell'Antichità*, poi il Bonghi, poi altri ancora a rilevare nelle letterature classiche, e specialmente nella greca, assai più umorismo, che non avesse saputo vedere il Nencioni.

Quel *felice equilibrio*, quella *calma statuaria* e l'anima *sana* e *giovine* e la *serena armonia* della vita e del temperamento degli antichi, come la natura rappresentata da questi con precisione e con fedeltà, senza melanconia né nostalgia, sono vecchi cavalli di battaglia della critica romantica. Già lo stesso Schiller, autore primo della partizione, dovette riconoscere che Euripide, Orazio, Properzio, Virgilio non si erano fatti un concetto ingenuo della natura e quindi concludere che vi erano anime *sentimentali* presso gli antichi e anime greche presso i moderni, e cancellare così, come impossibile a mantenere, la linea divisoria tra ispirazione antica e ispirazione moderna.

Su le tracce del Biese, che scrisse su l'evoluzione del sentimento della natura presso i greci, il Basch dimostrò agevolmente quanto di sentimentale vi fosse nella poesia e nel pensiero dei Greci, nella mitologia primitiva, nelle metamorfosi spesso grottesche delle divinità, nell'utopia nostalgica dell'età dell'oro, nella raffinata melanconia dei lirici e degli elegiaci in ispecie, che rappresentarono la natura non solamente «comme cadre des sentiments de l'âme, mais encore comme ayant des profondes et mystérieuses affinités avec ses sentiments». Anche lo Herder, autore della partizione tra *Natur-poesie* e *Kunst-poesie*, non dava ad essa un senso rigorosamente cronologico. E il Richter negava che il cristianesimo fosse causa e origine esclusiva della nuova poesia, giacché i poemi scandinavi dell'Edda e quelli dell'India erano nati fuori del misticismo cristiano; e, ripetendo l'osservazione del Herder che «nessun poeta resta fedele ad un'ispirazione sentimentale unica», chiamava romantici non già gli autori, ma quelle fra le opere ch'erano d'ispirazione sentimentale. Arrigo Heine diceva nella Germania che si era caduti in un deplorevole errore chiamando plastica l'arte classica, come se ogni arte antica o moderna, volendo esser arte, non dovesse per forza esser plastica nella sua forma esteriore. Ed è inutile ricordare qui a quali strette si trovò Victor Hugo, volendo additare come principio dell'arte moderna la famosa teoria del grottesco, di fronte a Vulcano, a Polifemo, a Sileno, ai tritoni, ai satiri, ai ciclopi, alle sirene, alle furie, alle Parche, alle arpie, al Tersite omerico, alle *dramatis personae* delle commedie aristofanesche.

D'altra parte, nessuno più si sogna di negare che anch'essi gli antichi avessero l'idea della profonda infelicità degli uomini. La espressero, del resto, chiaramente filosofi e poeti. Ma, al solito, anche tra il dolore antico e il dolore moderno si è voluto vedere da alcuni una differenza quasi sostanziale, e si è sostenuto che vi è una lugubre progressione nel dolore, svolgentesi con la storia stessa della civiltà, una progressione che ha fondamento nella sensibilità dell'umana coscienza, sempre più delicata, e nell'irritabilità e nella incontentabilità di essa di mano in mano sempre maggiori.

Ma questo lo aveva già detto, se non c'inganniamo, fin dal tempo dei tempi, Salomone. Accrescimento di scienza, accrescimento di dolore. E aveva proprio ragione, fin dal tempo dei tempi, Salomone? Sta a vedere. Se le passioni, quanto più si afforzano e si affinano, tanto più acquistano una specie d'attrazione e di compenetrazione scambievole; se con l'ajuto della fantasia e dei sensi noi ci inoltriamo, come dicono, in un «processo d'universalizzazione» che si fa sempre più rapido e sempre più invadente, sicché in un dolore ci par di sentire più dolori, tutti i dolori, soffriamo noi per questo veramente di più? No: perché questo accrescimento, se mai, è a scapito dell'intensità. E ben per questo il Leopardi notava acutamente che il dolore antico era un dolor disperato, come suol essere in natura, com'è ancora nei popoli barbari e semi-selvaggi o nelle genti della campagna, senza il conforto cioè della sensibilità, senza la dolce rassegnazione alle sventure.

Facilmente oggi, agli occhi nostri, se crediamo d'essere infelici, il mondo si converte in un teatro d'universale infelicità? Vuol dire che, invece di sprofondarci nel nostro proprio dolore, noi lo allarghiamo, lo diffondiamo nell'universo. Ci strappiamo la spina, e ci avvolgiamo in una nuvola nera. Cresce la noja, ma si spunta e si attenua il dolore. Però, ecco, e quel tal *tedio della vita* dei contemporanei di Lucrezio? e quella tal tristezza misantropica di Timone?

Oh via! è proprio inutile sfoggiare esempii e citazioni. Sono questioni, disquisizioni, argomentazioni accademiche. L'umanità passata non c'è bisogno di cercarla lontano: è sempre in noi, tal quale. Possiamo tutt'al più ammettere che oggi, per questa - se vuolsi - cresciuta sensibilità e per il progresso (ahimè) della civiltà, siano più comuni quelle disposizioni di spirito, quelle condizioni di vita più favorevoli al fenomeno dell'umorismo, o meglio, di un cerro umorismo; ma è assolutamente arbitrario il negare che tali disposizioni non esistessero o non potessero esistere in antico.

A buon conto, Diogene, con la sua botte e la sua lanterna, non è di jeri; e nulla di più serio nel ridicolo e di più ridicolo nel serio. Eccezioni, come dice il Nencioni e ripete l'Arcoleo, Aristofane e Luciano? Ma eccezioni, allora, anche Swift e Sterne. Tutta l'arte umoristica, ripetiamo, è stata sempre ed è tuttavia arte d'eccezione.

Diverso il pianto, secondo questa critica, e diverso naturalmente anche il riso degli antichi. Notissima, la distinzione di Gian Paolo Richter tra comico classico e comico romantico: facezia grossolana, satira volgare, derisione de' vizii e dei difetti, senza alcuna commiserazione o pietà, quello; umore, questo, cioè riso filosofico, misto di dolore, perché nato dalla comparazione del piccolo mondo finito con la idea infinita, riso pieno di tolleranza e di simpatia.

Da noi il Leopardi, che ebbe sempre la nostalgia del passato e che nei *Pensieri di varia filosofia e di bella letteratura* volle far notare che egli sentiva il dolore non a modo dei romantici, ma a modo degli antichi, cioè il dolore disperato, difese pure il comico antico contro il moderno, il comico antico che «era veramente sostanzioso, esprimeva sempre e metteva sotto gli occhi, per dir così, un corpo di ridicolo», mentre il moderno «un'ombra, uno spirito, un vento, un soffio, un fumo. Quello empieva di riso, questo appella lo fa gustare; quello era solido, questo fugace; quello consisteva in immagini, similitudini, paragoni, racconti, insomma cose ridicole; questo in parole, generalmente e sommariamente parlando, e nasce da quella tal composizione di voci, da quello equivoco, da quella tale allusione di parole, da quel giocolino di parole, da quella tal parola appunto - di maniera che, togliete quelle allusioni, scomponete e ordinate diversamente quelle parole, levate quell'equivoco, sostituite una parola in cambio d'un'altra, svanisce il ridicolo».

E cita l'esempio di Luciano che paragona gli Dei sospesi al fuso della Parca ai pesciolini sospesi alla canna del pescatore. Poi avverte: «Ma forse e senza forse, presentemente, e massime ai francesi, par grossolano quel che una volta si chiamava sale attico, e piacque ai greci, popolo il più civile dell'antichità e ai latini. E può essere che anche Orazio avesse una simile opinione, quando disse male de' sali di Plauto; e in fatti le Satire e le Epistole di Orazio non sono di così solido ridicolo come l'antico comico greco e latino, ma né anche di gran lunga così sottile come il moderno. Ora, a forza di motti, si è renduto spirituale anche il ridicolo, assottigliato tanto che ormai non è più né pur liquore, ma un etere, un vapore; e questo solo si stima ridicolo degno delle persone di buon gusto e di spirito e di vero *buon tuono*, e degno del bel mondo e della civile conversazione. Il ridicolo delle antiche commedie nasceva anche molto dalle operazioni stesse che erano introdotti a fare i personaggi sulla scena, e quivi ancora era non piccola sorgente di sale, ma pura azione, come nelle Cerimonie del Maffei: commedia piena di vero e antico ridicolo, quel salire di Orazio per la finestra a fine di evitare i complimenti alle porte . Un'altra gran differenza tra il ridicolo antico e il moderno è che quello era preso da cose popolari e domestiche o almeno non della più fina conversazione, la quale poi non esisteva ancor per lo meno così raffinata; ma il moderno, massime il francese, versa principalmente intorno al più squisito mondo, alle cose dei nobili più raffinati, alle vicende domestiche delle famiglie più moderne, ecc., ecc. (come anche proporzionatamente era il ridicolo d'Orazio): sicché quello era un ridicolo che avea corpo, e, come il filo di un'arma che non sia troppo aguzzo, durò lungo tempo; dove questo, come ha una punta sottilissima, più o meno secondo i tempi e le nazioni, così anche in un batter d'occhio si logora e si consuma, e dal volgo poi non si sente, come il taglio del rasojo a prima giunta».

Il Leopardi, evidentemente, parla qui dell'*esprit* francese in contrapposizione del ridicolo classico, senza pensare che questo «esprit de conversation, le talent de *faire des mots*, le gout des petites phrases vives, fines, imprévues, ingénieuses, dardées avec gaieté ou malice», è classico anch'esso e antichissimo m Francia: *Duas res industriosissime persequitur gens Gallorum, rem militarem et argute loqui.* Questo *esprit* nativo in Francia, che si raffina anch'esso a mano a mano e diviene un po' convenzionale, elegante, aristocratico, in certi periodi letterarii, non è certamente l'*humour* moderno, e tanto meno quello inglese che il Taine gli contrappone, come fatto appunto di cose più che di parole o, sotto un certo aspetto fatto di buon senso, se - come pensava il Joubert - l'*esprit* consiste nell'aver molte idee inutili e il buon senso nell'esser provvisto di nozioni necessarie. Non confondiamo dunque.

Nel 1899 Alberto Cantoni, argutissimo nostro umorista, che sentiva profondamente il dissidio interno tra la ragione e il sentimento e soffriva di non poter essere ingenuo come prepotentemente in lui la natura avrebbe voluto, riprese l'argomento in una sua novella critica intitolata *Humour classico e moderno*, nella quale immagina che un bel vecchio rubicondo e gioviale, che rappresenta l'*Humour classico*, e un ometto smilzo e circospetto, con una faccia un poco sdolcinata e un poco motteggiatrice, che rappresenta l'*Humour moderno*, s'incontrino a Bergamo innanzi al monumento a Gaetano Donizetti e là, senz'altro si mettono a disputare tra loro e poi si lanciano una sfida, si propongono cioè d'andare in campagna lì presso, a Clusone, dove si tiene una fiera, ognuno per conto proprio, come se non si fossero mai visti, e di ritornare poi la sera, lì daccapo, innanzi al monumento di Donizetti, recando ciascuno le fugaci e particolari impressioni della gita per metterle a paragone. Invece di discorrere criticamente della natura, delle intenzioni, del sapore dell'umorismo antico e del moderno, il Cantoni, in questa novella, riferisce vivacemente, in un dialogo brioso le impressioni del vecchio gioviale e dell'ometto circospetto raccolte alla fiera di Clusone. Quelle del primo avrebbero potuto essere argomento d'una novella del Boccaccio, del Firenzuola, del Bandello; i comenti e le variazioni sentimentali dell'altro hanno invece il sapore di quelle dello Sterne nel *Sentimental Journey* o del Heine nei *Reisebilder*. Il Cantoni, prediligendo la natura ingenua e schietta terrebbe nella disputa dalla parte del vecchio rubicondo, se non fosse costretto a riconoscere ch'esso ha voluto rimanere tal quale assai più che non lo comportassero gli anni e che è volgaruccio e spesso vergognosamente sensuale; ma poi, sentendo anche in sé il dissidio che tiene scissa e sdoppiata l'anima di quell'altro, dell'ometto smilzo, lo fa mordere dal vecchio con aspre parole:

« - A forza di ripetere continuamente che tu sembri sorriso e che sei dolore... n'è venuto che oramai non si sa più né che cosa veramente tu sembri, né che cosa veramente tu sia. . . Se tu ti potessi vedere, non capiresti, come me, se tu abbia più voglia di piangere o di sorridere.

- Adesso è vero - gli risponde l'*Humour moderno*. - Perché adesso penso solamente che voi vi siete fermato a mezza via. Al vostro tempo le gioje e le angustie della vita avevano due forme o almeno due parvenze più semplici e molto dissimili fra di loro, e niente era più facile che sceverare le une dalle altre per poi rialzare le prime a danno delle seconde, o viceversa; ma dopo, cioè al tempo mio, è sopravvenuta la critica e felice notte; s'è brancolato molto tempo a non sapere né che cosa fosse il meglio, né che cosa fosse il peggio, finché principiarono ad apparire, dopo essere stati così gran tempo assai nascosti, i lati *dolorosi* della gioja e i lati *risibili* del dolore umano. Anche gli antichi solevano sostenere che il piacere non era altro che la cessazione del dolore e che il dolore stesso, ben esaminato, non era punto il male; ma le sostenevano sul serio queste belle cose: come dire che non ne erano niente penetrati; adesso invece è venuto pur troppo il tempo mio e si ripete, aimè, quasi ridendo, cioè con la più profonda persuasione, che i due suddetti elementi, attaccati da poco in qua alla gioja e al dolore hanno assunto aspetti così incerti e così trascolorati che non si possono più non ché separare, nemmeno distinguere. Ne è venuto che i miei contemporanei non sanno ora più essere né ben contenti, né bene malcontenti mai, e che voi solo non bastate più né a far fermentare il misurato sollazzo dei primi e né a divergere le sofistiche tremerelle dei secondi. Ci voglio io, che mescolo tutto scientemente per fare svanire da una parte quanto più posso ingannevoli miraggi e per limitare dall'altra quante più trovo superflue asperità. Vivo di espedienti e di cuscinetti, io...

- Bella vita! - esclama il vecchio.

E l'ometto smilzo séguita:

- ...per arrivare possibilmente ad uno stato intermedio che rappresenti come la sostanza grigia dell'umana sensibilità. Si sente troppo adesso, come troppo s'è riso a ufo ed a credenza in altri tempi: urge però che il pensiero regga le briglie alla più incomposta manifestazione del sentimento... Rimpiango sempre di non aver potuto ereditare le vostre illusioni, e mi rallegro nello stesso tempo di trovarmi di qua dal fosso, bene agguerrito contro alle insidie delle illusioni stesse!

O che avete? Perché mi affisate a codesto modo?

- Penso -, risponde il vecchio, - che se vuoi proprio aver due anime in una, fai molto bene a non assumere la famosa guardatura di quel vedovo innamorato, che a sinistra piangeva la morta e a destra faceva l'occhietto alla viva. Tu invece vuoi piangere e far l'occhietto insieme, da tutte due le parti, come dire che non ci si capisce più nulla».

Come nel dramma romantico che i due bravi borghesi Dupuis e Cotonet vedevano: «vêtu de blanc et de noir, riant d'un oeil et pleurant de l'autre».

Ma abbiamo confusione anche qui. In fondo, il Cantoni viene a dire sott'altra forma quello stesso che avevano detto il Richter e il Leopardi. Se non che, egli chiama anche *humour* quello che gli altri due avevano chiamato comico classico e ridicolo antico. Il Richter - tedesco - tesse però l'elogio del comico romantico o humour moderno, e vitupera come grossolano e volgare il comico classico; mentre il Cantoni, come il Leopardi - da buon italiano - lo difende, pur riconoscendo che la taccia di vergognosa sensualità non sia affatto immeritata. Ma anche per lui l'*humour* moderno non è altro che una sofisticazione dell'antico. «Via, ho idea, - gli dice infatti l'*Humour* classico, - che si sia fatto sempre senza di te, ovvero che tu non sia altro che la parte peggiore di me medesimo, la quale abbia messo cresta per impertinenza, come ora usa. E un gran dire però che non s'abbia mai a conoscersi bene da sé soli! Tu mi sei certo scivolato di sotto ed io non me ne sono avvisto.»

Ora è vero questo? Ciò che il Cantoni chiama *humour classico* è proprio *humour*? non incorre il Cantoni per un verso nello stesso errore in cui incorse già per l'altro il Leopardi, confondendo cioè con l'esprit francese tutto il ridicolo moderno? Più propriamente: ciò che il Cantoni chiama humour classico, non sarebbe l'umorismo inteso in un senso molto più largo, nel quale sian comprese la burla, la baja, la facezia, tutto il comico in somma nelle sue varie espressioni?

Qui è il nodo vero della questione.

Non c'entra la diversità dell'arte antica dalla moderna, come non c'entrano le speciali prerogative di questa o di quella razza. Si tratta di vedere in che senso si debba considerar l'umorismo, se nel senso largo che comunemente ed erroneamente gli si suol dare, e ne troveremo allora in gran copia così presso le letterature antiche come presso le moderne, d'ogni nazione; o se in un senso più ristretto e più proprio, e ne troveremo allora parimenti, ma in molto minor copia, anzi in pochissime espressioni eccezionali, così presso gli antichi come presso i moderni, d'ogni nazione.

III. Distinzioni sommarie

Nel Cap. VIII del libro *Notes sur l'Angleterre* il Taine, com'è noto, si provò a comparare l'*esprit* francese e quello inglese. «Non deve dirsi che essi (gl'Inglesi) non abbiano spirito, - scrisse il Taine; - ne hanno uno per conto loro, in verità poco gradevole, ma affatto originale, di sapor forte e pungente e anche un po' amaro, come le lor bevande nazionali. Lo chiamano *humour*; e, in generale, è la facezia di chi, scherzando, serba un'aria grave. Questa facezia abbonda negli scritti di Swift, di Fielding, di Sterne, di Dickens, di Thackeray, di Sydney Smith; sotto quest'aspetto, il *Libro degli snobs* e le *Lettere di Peter Plymley* son capolavori. Se ne trova anche molto, della qualità più indigena e più aspra, in Carlyle. Essa confina ora con la caricatura buffonesca, ora col sarcasmo meditato; scuote rudemente i nervi, o s'affonda e prende stanza nella memoria. È un'opera dell'immaginazione stramba o dell'indignazione concentrata. Si piace nei contrasti stridenti, nei travestimenti impreveduti. Para la follìa con gli abiti della ragione o la ragione con gli abiti della follìa. Arrigo Heine Aristofane, Rabelais e talvolta Montesquieu, fuori dell'Inghilterra, sono quelli che ne hanno in più larga dose. Ma pur si deve in questi tre ultimi sottrarre un elemento straniero, la *estrosità* francese, la gioja, la gajezza, quella specie di buon vino che non si vendemmia se non nei paesi del sole. Nello stato insulare e puro, essa lascia sempre, in fine, un sapor di aceto.

Chi scherza così è di raro benevolo e non è mai lieto, sente e tradisce fortemente le dissonanze della vita. E non ne gode; in fondo anzi ne soffre e se ne irrita. Per studiar minuziosamente un grottesco, per prolungar freddamente un'ironia, bisogna avere un sentimento continuo di tristezza e di collera. I saggi perfetti del genere si devono cercare nei grandi scrittori, ma il genere è talmente indigeno che si trova ogni giorno nella conversazione ordinaria, nella letteratura, nelle discussioni politiche, ed è la moneta corrente del *Punch*.»

La citazione è un po' troppo… lunga; ma opportuna per chiarir parecchie cose.

Il Taine riesce a coglier bene la differenza generale tra la plaisanterie inglese e la francese, o meglio, il diverso umore dei due popoli. Ogni popolo ha il suo, con caratteri di distinzione sommaria. Ma, al solito, non bisogna andare tropp'oltre, non bisogna cioè prender questa distinzione sommaria come solido fondamento nel trattare d'un'espressione d'arte specialissima come la nostra.

Che diremmo di uno il quale dal sommario accertamento che vi son certi tratti fisionomici comuni per cui, così all'ingrosso, distinguiamo un Inglese da uno Spagnuolo, un Tedesco da un Italiano, ecc., traesse la conseguenza che tutti quanti gl'Inglesi, per esempio, hanno gli stessi occhi, lo stesso naso, la stessa bocca?

Per intender bene quanto sia sommario questo modo di distinguere, chiudiamoci per un momento nei confini del nostro paese. Noi tutti, d'una data nazione, possiamo notar facilmente come e quanto la fisionomia dell'uno sia diversa da quella d'un altro. Ma questa osservazione, ovvia, facilissima per noi, riesce invece difficilissima a uno straniero, per il quale noi tutti avremo uno stesso aspetto generale.

Pensiamo a un gran bosco dove fossero parecchie famiglie di piante: querci, aceri, faggi, platani, pini, ecc. Sommariamente, a prima vista, noi distingueremo le varie famiglie dall'altezza del fusto, dalla diversa gradazione del verde, in somma dalla configurazione generale di ciascuna. Ma dobbiamo poi pensare che in ognuna di queste famiglie non solo un albero è diverso dall'altro, un tronco dall'altro, un ramo dall'altro, una fronda dall'altra, ma che, fra tutta quella incommensurabile moltitudine di foglie, non ve ne sono due, due sole, identiche tra loro.

Ora, se si trattasse di giudicare di un'opera d'immaginazione collettiva, come sarebbe appunto un'epopea genuina, sorta viva e possente dalle leggende tradizionali primitive d'un popolo, ci potremmo in certa guisa contentare di quella sommaria distinzione. Non possiamo contentarcene più invece nel giudicar di opere che siano creazioni individuali, segnatamente poi se umoristiche.

Colto astrattamente il tipo dell'umore inglese, il Taine mette prima in un fascio Swift e Fielding e Sterne e Dickens e Thackeray e Sidney Smith e Carlyle, e vi accozza poi Heine, Aristofane, Rabelais, Montesquieu. Bel fascio! Dall'umorismo inteso nel senso più largo, come carattere comune, tipico modo di ridere di questo o di quel popolo, saltiamo a piè pari a considerar le singole e specialissime espressioni d'un umorismo, che non è più possibile intendere in quel senso largo, se non a patto di rinunziare assolutamente alla critica: dico a quella critica che indaga e scopre tutte le singole differenze caratteristiche per cui l'espressione, e dunque l'arte, il modo d'essere, lo stile d'uno scrittore si distingue da quello dell'altro: lo Swift dal Fielding, lo Sterne dallo Swift e dal Fielding, il Dickens dallo Swift e dal Fielding e dallo Sterne e così via.

Le relazioni che questi scrittori umoristici inglesi possono avere con l'umore nazionale sono affatto secondarie e superficiali come quelle che essi possono aver fra loro, e non hanno per la valutazione estetica alcuna importanza.

Quel che di comune possono aver tra loro questi scrittori non deriva dalla qualità dell'umore nazionale inglese, ma dal solo fatto ch'essi sono umoristi, ciascuno sì a suo modo, ma umoristi tutti veramente, scrittori cioè nei quali avviene quello speciale processo intimo e caratteristico da cui risulta l'espressione umoristica. E soltanto per questo, non Arrigo Heine e il Rabelais e il Montesquieu e basta, ma tutti i veri scrittori umoristici d'ogni tempo e d'ogni nazione possono andare a schiera con quelli. Non però Aristofane, nel quale quel processo non avviene affatto. In Aristofane non abbiamo veramente il contrasto, ma soltanto l'opposizione. Egli non è mai tenuto tra il sì e il no; egli non vede che le ragioni sue, ed è per il no, testardamente, contro ogni novità, cioè contro la retorica, che crea demagoghi, contro la musica nuova, che, cangiando i modi antichi e consacrati, rimuove le basi dell'educazione e dello Stato, contro la tragedia d'Euripide, che snerva i caratteri e corrompe i costumi, contro la filosofia di Socrate, che non può produrre che spiriti indocili e atei, ecc. Alcune sue commedie son come le favole che scriverebbe la volpe, in risposta a quelle che hanno scritto gli uomini calunniando le bestie. Gli uomini in esse ragionano e agiscono con la logica delle bestie mentre nelle favole le bestie ragionano e agiscono con la logica degli uomini. Sono allegorie in un dramma fantastico, nel quale la burla è satira iperbolica, spietata. Aristofane ha uno scopo morale, e il suo non è mai dunque il mondo della fantasia pura. Nessuno studio della verosimiglianza: egli non se ne cura perché si riferisce di continuo a cose e a persone vere: astrae iperbolicamente dalla realtà contingente e non crea una realtà fantastica, come, ad esempio, lo Swift. Umorista non è Aristofane, ma Socrate, come acutamente osserva Teodoro Lipps. Socrate che assiste alla rappresentazione delle Nuvole e ride con gli altri della derisione che fa di lui il poeta, Socrate che «versteht den Standpunkt des Volksbewusstseins zu dessen Vertreter sich Aristophanes gemacht hat, und sieht darin etwas reiativ Gutes und Vernünftiges. Er anerkennt eben damit das relative Recht derer, die seinen Kampf gegen das Volksbewusstsein verlachen. Damit erst wird sein Lachen zum Mitlachen. Andererseits lacht er doch uber die Lacher. Er thut es und kann es thun, weil er des höheren Rechtes und notwendigen Sieges seiner Anschauungen gewiss ist. Eben dieses Bewusstsein leuchtet durch sein Lachen, und lässt es in seiner Thorheit logisch berechtigt, in seiner Nichtigkeit sittlich erhaben erscheinen». Socrate ha il sentimento del contrario; Aristofane, dunque, se mai, può esser considerato umorista soltanto se intendiamo l'umorismo nell'altro senso molto più largo, e per noi improprio, in cui siano compresi la burla, la baja, la facezia, la satira, la caricatura, tutto il comico in somma nelle sue varie espressioni. Ma in questo senso anche tanti e tant'altri scrittori faceti, burleschi, grotteschi, satirici, comici d'ogni tempo e d'ogni nazione dovrebbero esser considerati umoristi.

L'errore è sempre quello: della distinzione sommaria.

Sono innegabili le diverse qualità delle varie razze, è innegabile che la plaisanterie francese non è l'inglese come non è l'italiana, la spagnuola, la tedesca, la russa, e via dicendo; innegabile che ogni popolo ha un suo proprio umore; l'errore comincia quando quest'umore, naturalmente mutabile nelle sue manifestazioni secondo i momenti e gli ambienti, è considerato, come comunemente il volgo suol fare, quale *umorismo*; oppure quando per considerazioni esteriori e sommarie si afferma sostanzialmente diverso negli antichi e nei moderni; e quando in fine, per il solo fatto che gl'Inglesi chiamarono *humour* questo loro umore nazionale, mentre gli altri popoli lo chiamarono altrimenti, si viene a dire che soltanto gl'Inglesi hanno il vero e proprio *umorismo*.

Abbiamo già veduto che, molto prima che quel gruppo di scrittori inglesi del sec. XVIII si chiamasse degli umoristi, in Italia avevamo avuto e *umidi* e *umorosi* e *umoristi*. Questo, se si vuol discutere sul nome . Se si vuol poi discutere intorno alla cosa, è da osservare innanzi tutto che, intendendo in questo senso largo l'umorismo, tanti e tanti scrittori che noi chiamiamo burleschi o ironici o satirici o comici ecc., sarebbero chiamati umoristi dagli Inglesi, i quali sentirebbero in essi quel tal sapore che noi sentiamo nei loro scrittori e non sentiamo più nei nostri per quella particolarissima ragione, che con molto accorgimento fu messa in chiaro dal Pascoli. «C'è, - disse il Pascoli, - in ogni lingua e letteratura un *quid* speciale e intraducibile, che pochi sanno percepire nella lingua e letteratura lor propria e avvertono, invece, senza difficoltà nelle altrui. Ogni lingua straniera, pur da noi non intesa, vi suona all'orecchio più, dirò, mirabilmente, che la vostra. Un racconto, una poesia, esotici, vi sembrano più belli, anche se mediocri, di molte belle cose nostrane; e tanto più, quanto più conservano di quell'essenza nazionale. Ora non crediate che la vostra lingua e letteratura non abbiano a fare il medesimo effetto negli altri che quelle altre in noi!»

Una prova di questo fatto si può avere in ciò che W. Roscoe scrisse nel cap. XVI, par. 12, della sua opera *Vita e pontificato di Leon x*, a proposito del Berni. Il Roscoe, inglese, e che perciò di quel che comunemente nel suo paese s'intende per *humour* doveva aver coscienza scrisse che le facili composizioni del Berni e del Bini e del Mauro, ecc. «non è improbabile che abbiano aperta la strada ad una simile eccentricità di stile in altri paesi» e che «in verità può concepirsi l'idea più caratteristica degli scritti del Berni e dei compagni e seguaci di lui col considerare esser quelli in versi facili e vivaci la stessa cosa, che sono le opere in prosa di Rabelais, di Cervantes e di Sterne».

E non ci dà Antonio Panizzi, che lungamente visse in Inghilterra e degli scrittori nostri scrisse in inglese, una definizione dello stile del Berni, che risponde in gran parte a quella che il Nencioni poi volle dare dell'umorismo? «I precipui elementi dello stile del Berni - dice il Panizzi - sono: l'ingegno che non trova somiglianza tra oggetti distanti e la rapidità onde subitamente connette le idee più remote; il modo solenne onde allude ad avvenimenti ridicoli e profferisce un'assurdità; l'aria d'innocenza e d'ingenuità con che fa osservazioni piene d'accorgimento e conoscenza del mondo, *la peculiar bonarietà con che sembra riguardare con indulgenza... gli errori e le malvagità umane*; la sottile ironia che egli adopera con tanta apparenza di semplicità e d'avversione all'acerbezza; la singolare schiettezza con che pare desideroso di scusare uomini e opere nello stesso momento che è tutto inteso a farne strazio.» A ogni modo, è certo che il Roscoe sentiva nel Berni e negli altri nostri poeti *bajoni* lo stesso sapore che sentiva negli scrittori suoi connazionali dotati di *humour*.

E non lo sentiva forse il Byron nel nostro Pulci, di cui tradusse finanche il primo canto del *Morgante*? E lo stesso Sterne non lo sentiva finanche nel nostro Gian Carlo Passeroni (*Passeroni dabben* ', come lo chiamava il Parini), quel buon prete nizzardo che nel canto XVII, parte III del suo Cicerone ci fa sapere (str. 122^a):

E già mi disse un chiaro letterato

Inglese, che da questa mia stampita

Il disegno, il modello avea cavato

Di scrivere in più tomi la sua vita

E pien di gratitudine e d'amore

Mi chiamava suo duce e precettore.

E, d'altro canto, non risente proprio per nulla degli scrittori francesi del *grand siècle* e anche di altri che non appartengono a questo, quel gruppo di umoristi inglesi di cui abbiamo or ora fatto parola?

Il Voltaire, parlando dello Swift nelle sue *Lettres sur les Anglais* dice: «Mr. Swift est Rabelais dans son bon sens et vivant en bonne compagnie. Il n'a pas, à la verité, la gaîté du premier, mais il a toute la finesse, la raison, le choix, le bon gout qui manquent à notre curé de Meudon. Ses vers sont d'un gout singulier et presque inimitable; la bonne plaisanterie est son partage en vers et en prose; mais pour le bien entendre, il faut faire un petit voyage dans son pays».

Dans son pays, va bene; ma c'è anche chi vuol dire che bisognerebbe far pure un piccolo viaggio alla luna in compagnia di Cyrano de Bergerac.

E chi metterà in dubbio l'azione del Voltaire e del Boileau sul Pope? E ricorderemo che il Lessing, accusando il Gottsched nelle sue *Lettere su la letteratura moderna*, dice che meglio sarebbe convenuta al gusto e al costume tedesco l'imitazione degli Inglesi, di Shakespeare, di Jonson, di Beaumont e Fletcher, anzi che quella dell'*infranciosato Addison*.

Ma una prova anche più chiara si può cavar dal fatto che, mentre nessuno di quelli che da noi si sono occupati di umorismo e, per un pregiudizio snobistico, lo hanno veduto soltanto in Inghilterra, si è mai sognato dl chiamare umorista il Boccaccio per quelle molte sue novelle che ridono, umorista e anzi il primo degli umoristi è ritenuto invece in Inghilterra pe' suoi *Canterbury-Tales* il Chaucer.

Han voluto vedere nel poeta inglese, non - com'era giusto - il *quid* speciale della diversa lingua, un altro stile; ma, nello stile, una maggiore intimità, e dimostrar questa maggiore intimità innanzi tutto nell'ingegnoso pretesto delle novelle (il pellegrinaggio a Canterbury), nei ritratti dei pellegrini novellatori, segnatamente di quella indimenticabile, graziosissima Prioressa, Suor Eglantina, e di sir Thopas e della donna di Bath, poi nella rispondenza delle novelle ai caratteri di chi le racconta, o meglio, nel modo con cui le varie novelle, che il Chaucer non inventa, prendono colore e qualità dai pellegrini.

Ma questa che vuol parere un'osservazione profonda, è, invece, superficialissima, perché si arresta soltanto alla cornice del quadro. La magnifica opulenza dello stile boccaccesco, la copia e l'appariscenza della forma si possono forse da un canto considerare come esteriori e implicano forse dall'altro scarsezza d'intimità psicologica? Esaminiamo, sotto questo aspetto, a una a una le novelle, i caratteri dei singoli personaggi, lo svolgimento delle passioni, la dipintura minuta, spiccata, evidente della realtà, che sottintende una sottilissima analisi, una conoscenza profonda del cuore umano, e vedremo se il Boccaccio, segnatamente nell'arte di render verosimili certe avventure troppo strane, non supera di gran lunga il Chaucer.

Si è troppo abusato d'una osservazione, al solito sommaria, fatta da coloro che han studiato con soverchio amore delle cose altrui le relazioni tra le letterature straniere e la nostra: la osservazione cioè che gli scrittori nostri abbiano dato sempre a tutto ciò che han tolto dagli stranieri una così detta maggiore bellezza esteriore, una linea più composta e più armoniosa; e che gli stranieri, invece, abbiano dato a tutto ciò che han tolto dagli scrittori nostri una maggiore bellezza interiore, un carattere più intimo e profondo.

Ora questo, se mai, può valere per certi scrittori nostri mediocri, da cui qualche sommo scrittore straniero abbia tolto questo o quell'argomento: può valere ad esempio per certi novellieri nostri, da cui lo Shakespeare cavò la favola per alcuni suoi drammi possenti. Non può valere per il Boccaccio e per il Chaucer. Bisogna invece considerare, in questo caso, che cosa uno scheletrico fabliau francese (ammesso che il Chaucer non abbia preso nulla direttamente dal Boccaccio) sia diventato nelle novelle dell'uno e dell'altro.

IV. L'umorismo e la retorica

Giacomo Barzellotti, nel suo volume *Dal Rinascimento al Risorgimento*, seguendo i concetti e il sistema del Taine e anche qualche idea espressa dal Bonghi nelle *Lettere critiche*, e da un saggio di etologia della nostra cultura, inteso a ricercare la mutua dipendenza tra le disposizioni morali e sociali, gli abiti della mente, gl'istinti di razza del nostro popolo e le sue abitudini a concepire e ad esprimere il bello, passando a studiare il *problema storico della prosa nella Letteratura italiana*, disse che uno dei pregiudizii nostri è «quello di presupporre che l'arte dello scrivere sia, solo o prima di tutto, un lavoro esterno di forma e di stile, mentre la forma stessa e lo stile, il cui studio è bensì essenziale allo scrivere sono avanti a tutto, un'*opera intima di pensiero*, vale a dire una cosa che si può ottener bene se si prenda immediatamente e come un fine in sé, una cosa a cui non si giunge se non muovendo da un'altra parte, cioè dal di dentro, dal pensiero, non dalla parola, dallo studio, dalla meditazione e dalla elaborazione profonda della materia, del soggetto e dell'idea».

Ora questo pregiudizio, come si sa, fu quello della Retorica, ch'era appunto una poetica intellettualistica, fondata tutta cioè su astrazioni, in base a un procedimento logico.

L'arte per essa era abito di operare secondo certi principii. E stabiliva secondo quali principii l'arte dovesse operare: principii universali, assoluti, come se l'opera d'arte fosse una conclusione da costruire al pari d'un ragionamento. Diceva: - «Così si è fatto; così si deve fare». - Raccolti, come in un museo, tanti modelli di bellezza immutabile, ne imponeva l'imitazione. Retorica e imitazione sono in fondo la stessa cosa.

E i danni che essa cagionò in ogni tempo alla letteratura sono senza dubbio come ognun sa, incalcolabili.

Fondata sul pregiudizio della così detta *tradizione*, insegnava ad imitare ciò che non si imita: lo stile, il carattere, la forma. Non intendeva che ogni forma dev'essere né antica né moderna, ma *unica*, quella cioè che è propria d'ogni singola opera d'arte e non può esser altra né di altre opere, e che perciò non può né deve esistere tradizione in arte.

Regolata com'era dalla ragione, vedeva da per tutto categorie e la letteratura come un casellario: per ogni casella, un cartellino. Tante categorie, tanti generi; e ogni genere aveva la sua forma prestabilita: quella e non altra.

È vero che tante volte, poi, s'accomodava; ma darsi per vinta non voleva mai. Quando un poeta ribelle appioppava un calcio bene scolpito al casellario e creava a suo modo una forma nuova, i retori gli abbajavano dietro per un pezzo: ma poi, alla fine, se quella forma riusciva a imporsi, essi se la prendevano, la smontavano come una macchinetta, la scioglievano in un rapporto logico, la catalogavano, magari aggiungendo una nuova casella al casellario. Così avvenne, ad esempio, per il dramma storico di quel gran barbaro dello Shakespeare. Si diede per vinta la Retorica? No: dopo avere abbajato per un pezzo, prescrisse le norme per il dramma storico, accolto nel casellario. Ma è anche vero che questi cani, quando s'abbattevano a un povero poeta indebolito di mente, ne facevano strazio e lo costringevano a tartassar la propria opera non condotta a puntino sul modello imposto alla imitazione forzata. Esempio: la *Conquistata* del Tasso.

La coltura, per la Retorica, non era la preparazione del terreno, la vanga, l'aratro, il sarchio, il concime, perché il germe fecondo, il polline vitale, che un'aura propizia, in un momento felice, doveva far cadere in quel terreno vi mettesse salde radici e vi trovasse abbondante nutrimento e si sviluppasse vigoroso e solido e sorgesse senza stento, alto e possente nel desiderio del sole. No: la coltura, per la Retorica, consisteva nel piantar pali e nel vestirli di frasche. Gli alberi antichi, custoditi nella sua serra, perdevano il loro verde, appassivano; e con le fronde morte, con le foglie ingiallite, coi fiori secchi essa insegnava a parar certi tronchi di idee senza radici nella vita.

Per la Retorica prima nasceva il pensiero, poi la forma. Il pensiero cioè non nasceva come Minerva armata dal cervello di Giove: nudo nasceva, poveretto; ed essa lo vestiva.

Il vestito era la forma.

La Retorica, in somma, era come un guardaroba: il guardaroba dell'eloquenza dove i pensieri nudi andavano a vestirsi. E gli abiti, in quel guardaroba, eran già belli e pronti, tagliati tutti su i modelli antichi , o meno adorni, di stoffa umile o mezzana o magnifica, divisi in tante scansie, appesi alle grucce e custoditi dalla guardarobiera che si chiamava Convenienza. Questa assegnava gli abiti acconci ai pensieri che si presentavano ignudi.

- Vuoi essere un Idillio, tu? un Idillietto leggiadro e pettinato? Su, fammi sentire come sospiri: *Ahi lasso!* Oh, bravo. Hai letto Teocrito? hai letto Mosco? hai letto Bione? e di Virgilio le Bucoliche? Sì? Recita su, da bravo. Sei un pappagallino bene ammaestrato. Vieni qua.

Apriva la scansia, su la cui targa in cima si leggeva: *Idillii*, e ne traeva un grazioso abituccio di pastorello.

- E tu una Tragedia vorresti essere? Ma proprio proprio una Tragedia? È cosa ardua, bada! Devi essere a un tempo grave e lesta, cara mia. In ventiquattr'ore, tutto finito. E ferma, veh! Scegliti un luogo, e lì. Unità, unità, unità. Lo sai? Brava. Ma dimmi un po': ti scorre sangue reale per le vene? E hai studiato Eschilo, Sofocle, Euripide? Anche il buon Seneca? Brava. Vuoi uccidere i figli come Medea? il marito come Clitennestra? la madre come Oreste? Tu vuoi uccidere un tiranno come Bruto; ho capito; vieni qua.

Così i pensieri facevan da manichini alla forma-vestiario. Cioè la forma non era propriamente forma, ma *formazione*: non *nasceva*, si *faceva*. E si faceva secondo norme prestabilite: si componeva esteriormente, come un oggetto. Era dunque artificio, non arte; copia, non creazione.

Ora si deve ad essa, senza dubbio, la scarsa intimità dello stile che si può notare in genere in tante opere della nostra letteratura; si deve ad essa se - per restringerci alla nostra indagine speciale - non pochi scrittori nostri che avrebbero avuto e anzi ebbero indubbiamente, come per tante testimonianze si può arguire, una spiccatissima disposizione all'umorismo, non riuscirono a manifestarla, a darle espressione, per rispettare appunto le leggi della composizione artistica.

L'umorismo, come vedremo, per il suo intimo, specioso, essenziale processo, inevitabilmente *scompone*, disordina, discorda; quando, comunemente, l'arte in genere, com'era insegnata dalla scuola, dalla retorica, era sopra tutto *composizione* esteriore, accordo logicamente ordinato. E si può veder difatti che tanto quegli scrittori nostri che si sogliono chiamare umoristi, quanto quegli altri che sono veramente e propriamente tali, o son di popolo o popolareggianti, lontani cioè dalla scuola, o son ribelli alla Retorica, cioè alle leggi esterne della tradizionale educazione letteraria. Si può vedere, infine, che quando questa tradizionale educazione letteraria fu spezzata, quando il giogo della poetica intellettualistica del classicismo fu infranto dall'irrompere del sentimento e della volontà, che caratterizza il movimento romantico, quegli scrittori che avevano una natural disposizione all'umorismo la espressero nelle loro opere non per imitazione, ma spontaneamente.

Alessandro D'Ancona in quel suo studio su Cecco Angiolieri, da cui abbiamo preso le mosse, volle scorgere i caratteri del vero umorismo nella poesia di questo nostro bizzarro poeta del sec. XIII. Ora questo, no, veramente. L'esempio dell'Angiolieri può giovarci per chiarire quanto abbiamo detto or ora e non per altro. Io ho già dimostrato altrove che i caratteri del *vero* umorismo mancano assolutamente all'Angiolieri, come gli mancano pur quelli ritenuti tali dal D'Ancona. La parola *malinconia* in Cecco, ad esempio, se non ha più il senso originario che aveva nel latino di Cicerone e di Plinio, è pur lontanissima dal significare quella delicata affezione o passion d'animo che intendiamo noi: malinconia per Cecco significa sempre non aver denari da scialacquare, non tener la Becchina a sua posta, aspettare invano che il padre vecchissimo e ricco si muoja

ed e' morrà quando il mar sarà sicco

sì ll'à dio fatto per mio strazio sano!

Un certo verso che il D'Ancona chiama singhiozzante e che cita per ultimo a concludere che ogni sforzo che il poeta faccia per liberarsi della malinconia gli riesce inutile:

con gran malinconia sempre istò,

non ha affatto il carattere compendioso, né il valore espressivo che il D'Ancona gli vuole attribuire. Il contrasto, quel che par sorriso ed è dolore, in Cecco in somma non c'è mai. A provarlo, il D'Ancona cita anche qui due versi, staccandoli da tutto il resto e dando ad essi un valore espressivo che non hanno:

Però malinconia non prenderaggio

anzi m'allegrerò del mi' tormento.

Segue in fatti a questi due versi una terzina, che non solo spiega l'apparente contrasto, ma lo distrugge affatto. Cecco non prenderà malinconia, anzi s'allegrerà del suo tormento, perché ha udito dire a un uomo saggio:

che ven un dì che val per più di cento.

E il dì sarà quello della morte del padre, che gli permetterà di far gavazze, come allude in un altro sonetto:

Sed i' credesse vivar un dì solo

più di colui che mi fa vivar tristo,

assa' di volte ringrazere' Cristo...

Questo giorno ha pur da venire: bisognerà aspettarlo con pazienza, perché:

l'uom non può sua ventura prolungare

né far più brieve c'ordinato sia;

ond' i' mi credo tener questa via

di lasciar la natura lavorare

e di guardarmi, s'io 'l potrò fare

che non m'accolga più malinconia,

ch' i' posso dir che per la mia follia

i' ò perduto assai buon sollazzare.

Anche che troppo tardi mi n'avveggio

non lascerò ch'i' non prenda conforto,

c'a far d'un danno due sarebbe peggio.

Ond'i' mi allegro e aspetto buon porto,

ta' cose nascer ciascun giorno veggio,

che 'n dì di vita (mia) non m'isconforto.

Sul valore della parola malinconia, tante volte ripetuta da Cecco, non è possibile farsi, come il D'Ancona ha voluto farsi, alcuna illusione. Cecco non s'*allegra* mai veramente del suo *tormento*, sì lo riveste d'una forma arguta e vivace, la quale per me, spesso, più che per intenzione burlesca o satirica, proviene dalla sua natura paesana, ed è affatto popolare senese.

Tutto il popolo toscano, che meritamente si vanta il più arguto d'Italia, olendo anche oggidì narrare le sue sventure e le sue afflizioni, esprimere gli odii suoi e i suoi amori, manifestar lo sdegno o il rimprovero o un desiderio, non usa una forma diversa. In genere, colorir comicamente la frase è virtù nel popolo spontanea, nativa. Il Belli, per esempio, non vuol tradurre in romanesco per Luigi Luciano Bonaparte il vangelo di San Matteo, perché la lingua della plebe è *buffona* e «appena riuscirebbe ad altro che ad una irriverenza verso i sacri volumi». Qui abbiamo, in somma, l'ironia, cioè quella tal contradizione fittizia tra quel che si dice e quel che si vuole sia inteso. Il contrasto non è nel sentimento, è solo verbale.

Dobbiamo, dunque, da un canto tener conto di questo generale umore del popolo, di questa lingua buffona della plebe, e dall'altro intender l'umorismo in quel senso largo e improprio, se vogliamo includere tra gli umoristi Cecco Angiolieri e non Cecco Angiolieri soltanto, allora, ma tutto quel gruppo dl poeti toscani non di scuola, ma di popolo, pieni di naturalezza nell'arte loro non ancora ben sicura, nel cui petto per prima si ridesta o di dolce voglia o per casi reali, per sentimenti veri, un'anima di canto umano, tra le insulse sconsolanti scimierie dei poeti per distrazione o per sollazzo o per moda o per galanteria, tra i bisticci pur che siano della scuola provenzaleggiante: di quei poeti in fine, ne' cui versi, per dirla col Bartoli, è l'annunzio del carattere realistico che assumeranno le nostre lettere.

Son toscani, questi poeti, e in Toscana segnatamente troveremo queste espressioni così dette umoristiche in senso largo: in Toscana, e nella non scarsa letteratura nostra dialettale. Perché? Perché l'umorismo ha sopra tutto bisogno d'intimità di stile, la quale fu sempre da noi ostacolata dalla preoccupazione della forma, da tutte quelle questioni retoriche che si fecero sempre da noi intorno alla lingua. L'umorismo ha bisogno del più vivace, libero, spontaneo e immediato movimento della lingua, movimento che si può avere sol quando la forma a volta a volta si crea.

Ora la retorica insegnava, non a *crear* la forma ma ad *imitarla*, a comporla esteriormente; insegnava a cercar la lingua fuori, come un oggetto, e naturalmente nessuno riusciva a trovarla se non nei libri, in quei libri che essa aveva imposti come modelli, come testi. Ma che movimento si poteva imprimere a questa lingua esteriore, fissata, mummificata, a questa forma non creata a volta a volta, ma imitata, studiata, composta?

Il movimento è nella lingua viva e nella forma che si crea. E l'umorismo che non può farne a meno, (sia nel senso largo, sia nel suo proprio senso) lo troveremo - ripeto - nelle espressioni dialettali, nella poesia macaronica e negli scrittori ribelli alla retorica.

C'è bisogno d'intendersi su questa *creazione* della forma, cioè su le relazioni tra la lingua e lo stile? Avvertiva acutamente lo Schleiermacher nelle sue *Vorles. üb. Aesth.* che l' artista adopera strumenti che di lor natura non son fatti per l'individuale, ma per l'universale: tale il linguaggio. L'artista, il poeta, deve cavar dalla lingua l'individuale, cioè appunto lo stile. La lingua è conoscenza, è oggettivazione; lo stile è il subiettivarsi di questa oggettivazione. In questo senso è *creazione* di forma: è, cioè, la larva della parola in noi investita e animata dal nostro particolar sentimento e mossa da una nostra particolar volontà. Non dunque creazione ex nihilo. La fantasia non crea nel senso rigoroso della parola, non produce cioè forme genuinamente nuove. Se, in fatti, esaminiamo anche i rabeschi più capricciosi, i grotteschi più strani, i centauri, le sfingi, i mostri alati, vi troveremo sempre, più o meno alterate per le loro combinazioni, immagini rispondenti a sensazioni reali.

Ebbene, una forma, press'a poco, o meglio, in un certo senso corrispondente al grottesco nelle arti figurative troviamo nell'arte della parola, ed è appunto lo stil macaronico: creazione arbitraria, contaminazione mostruosa di diversi elementi del materiale conoscitivo.

E avvertiamo che esso sorse appunto come ribellione e come derisione, e che non fu solo che ebbe cioè a compagni altri linguaggi burleschi, fittizii. «Il dialetto sprezzato - notava Giovanni Zannoni, illustrando I precursori di Merlin Cocai - volle insinuarsi malignamente nel latino per sfregiare la togata lingua dei dotti e quello che era stato un elemento parziale della satira popolare e goliardica divenne elemento massimo; volle mostrare la propria flessibilità, quando il volgare ancora accademico, grave, impacciato non poteva piegarsi a tutte le esigenze dell'umorismo, e ad un tratto formò una nuova maniera di sogghigno. In tal modo, da due cause contrarie ebbe origine il linguaggio macaronico che fu la più grossa e fragorosa risata del risorgimento, la beffa più atroce al classicismo e che, pure involontariamente, giovò tanto al definitivo trionfo del volgare.»

Ma quanti furono questi scrittori ribelli? pochi o molti? pochi ahimè, perché il maggior numero è sempre dei mediocri: *servum pecus.* Il Barzellotti riconosce che «un primo moto di originalità e di feconda spontaneità creatrice» si era fatto «nella mente e nella vita degli Italiani durante i secoli decimoterzo e decimoquarto»; ma poi dice «tutti o quasi tutti gli *umanisti* avere interrotto con l'imitazione e la ripetizione degli antichi quel primo moto d'originalità».

Ora questa a noi sembra un'altra di quelle considerazioni molto sommarie che abbiamo deplorato più su, considerazione che s'accorda con altre simili su la *scettica indifferenza*, ad esempio, su la *pagana serenità*, su la *mortificazione delle energie individuali*, su la *mancanza d'aspirazioni*, sul *riposo nelle forme e nel senso*, ecc., ecc., del nostro grande rinascimento, come se il culto dell'antichità non fosse stato già di per sé un'idealità grande, tanto grande che illuminò tutto il mondo, il riacquisto d'un patrimonio che si fece fruttare sapientemente e produsse opere immortali, e come se esso non fosse venuto anzi a tempo a riempire il vuoto d'idealità cadute o cadenti; come se insieme con quattro o cinque dotti aridi e vacui non ce ne fossero stati tant'altri pieni di vita e d'ardire, nel cui latino palpitano e vibrano le energie tutte della lingua italiana; come se per entro al *Facetiarum libellus unicus* di Poggio, per esempio, non spirassero aure nuove; come se il Valla fosse soltanto autore del trattato *Elegantiarum latinae linguae*; come se nel Pontano e nel Poliziano e in tanti altri non fosse così intero e fresco il sentimento della realtà, che il Poliziano poi, componendo in volgare, poté aver tutte le grazie ingenue d'un poeta popolare. E sotto questo mondo dei dotti, così sommariamente considerato, non c'era forse il popolo? E si può dire, d'altro canto, che i nostri poeti cavallereschi, ad esempio, diedero solamente una maggior bellezza esteriore, una linea più composta, più armoniosa alla materia romanzesca, se da capo a fondo la ricrearono con la fantasia? Altro che bellezza esteriore!

Si è troppo ripetuto, e con troppa leggerezza, che nell'indole della nostra gente predomini l'intelletto più che il sentimento e la volontà, cioè la parte obiettiva più che la subiettiva dello spirito, donde il carattere dell'arte nostra più intellettualistica che sentimentale, più esteriore che interiore.

L'equivoco qui è fondato nell'ignoranza del procedimento di quell'attività creatrice dello spirito, che si chiama fantasia: ignoranza che era fondamentale nella Retorica. L'artista deve sentire la propria opera com'essa si sente e volerla com'essa si vuole. Avere un fine e una volontà esteriori, vuol dire uscire dall'arte.

E ne escono difatti quanti s'ostinano a ripetere che l'arte nostra del rinascimento fu splendida di fuori e vuota di dentro. Vuota in che senso? Nel senso che non ebbe volontà e fini oltre a sé stessa? Ma questo fu un pregio e non un difetto. O se no, bisognerebbe dimostrare che fu arte falsa, cioè artificio. Si può dimostrar questo? Sì, certamente, se prendiamo i mediocri, gli schiavi della retorica, la quale insegnava appunto l'artificio, la copia! Ma perchè dobbiamo prendere i mediocri? perché dobbiam guardare così taineamente all'ingrosso, senza distinguere? Arte falsa, quella dell'Ariosto?

Buttando via in un fascio i mediocri, e affrontando i veri poeti, ci accorgeremo subito di fare una questione di contenuto e non di forma, una questione dunque estranea all'arte. Ma questo stesso contenuto, che fa tanto dispetto, come fu assunto dai poeti veri, da coloro che ebbero innegabilmente uno stile, e dunque originalità e intimità? Non c'è proprio nulla che riempia il vuoto che ci si vuol sentire? Non c'è l'ironia di questi poeti? E perché non si vuol riconoscere il valore positivo, sottinteso, di questa ironia? *Itali rident*, sì, ma con questo riso si cacciò il Medio Evo; e quanto fiele sotto a questo riso! E che ha di diverso questo riso in Erasmo di Rotterdam, in Ulrico di Hutten? Perché si disconosce soltanto nei nostri questo valore positivo dell'ironia e si riconosce invece negli stranieri? si disconosce in Pulci e nel Folengo per esempio, e si riconosce in Rabelais? Forse perché questi ebbe l'accortezza d'invitare i lettori a imitare il cane innanzi all'osso e quegli altri no? «...Vites-vous oncques chiens rencontrans quelque os méduilaire? C'est, comme Platon dit (lib. Il *De Rep.*), la bête du monde plus philosophe. Si vû l'avez, vous avez pû noter de quelle dévotion il le guette, de quel soin il le garde, de quelle ferveur il le tient, de quelle prudence il l'entomme, de quelle affection il le bris et de quelle diligence il le succe. Qui l'induit à ce faire? Quel est l'espoir de son étude? Quel bien prétend-il? Rien plus sinon qu'un peu de moüelle.»

E l'osso gettato dal Rabelais ai critici è stato difatti spiato con devozione, preso con cura, tenuto con fervore, scalfito con prudenza, spezzato con affetto e succhiato con diligenza. E perché non così quelli del Pulci e del Folengo? Ma ogni qual volta si butta un osso a un critico si deve dunque dire: - Bada, c'è dentro il midollo? - o far che questo midollo si mostri un tantino da qualche parte fuori dell'osso? Ma tanto più pregevole è un'opera d'arte, quanto maggiore è l'assorbimento della volontà e del fine nella creazione artistica. Questo maggiore assorbimento rischia di parere indifferenza verso gli ideali della vita a chi consideri le opere con criterii estranei all'arte, e le opere d'arte superficialmente; ma - a prescindere che gl'ideali della vita, per sé stessi, non hanno nulla da vedere con l'arte, che dev'essere creazione spontanea e indipendente - pure quell'indifferenza, in fondo non c'è, perché altrimenti non ci sarebbe neppur l'ironia. Se l'ironia c'è, ed è innegabile, non c'è l'indifferenza, di cui tanto s'è parlato.

Piuttosto deve dirsi che questa ironia non riesce se non di rado a drammatizzarsi comicamente, come avviene nei veri umoristi: resta quasi sempre comica senza dramma, e dunque facezia, burla, caricatura più o men grottesca. Lo stesso però avviene in Rabelais:

Mieulx est de ris que des larmes escripre:

Pour ce que rire est le propre de l'homme.

E Alcofribas Nasier è *condamné en Sorbonne pour les facétiès de haute graisse qui caractérisent son livre*. Che hanno di più o di diverso queste *facéties de haute graisse* di quelle del Pulci e del Folengo e del Berni? Rileggiamo con questo intento il *Morgante Maggiore* e il *Baldus* e poi *La vie de Gargantua* e *Les faits et les dits héroïques du bon Pantagruel roi des Dipsodes*, e ci salteranno agli occhi a ogni passo la parentela spirituale innegabile, le innegabili derivazioni.

E rileggiamo il Berni. Lasciando anche da parte le 18 stanze al principio del canto xx del *Rifacimento* dell'Orlando Innamorato e l'opuscolo del Vergerio sul protestantesimo del Berni e tutte le altre riflessioni filosofiche, sociali e politiche sparse qua e là nel *Rifacimento* stesso, lasciando da parte il *Dialogo contro i poeti* e le parodie del Petrarca in derisione dei petrarchisti, e l'invettiva famosa: *Nel tempo che fu fatto papa Adriano VI* e i sonetti contro Clemente VII:

Il papa non fa altro che mangiare,

Il papa non fa altro che dormire;

e tutti gli altri sonetti contro a preti e abati, e anche quel sonetto che comincia:

Poiché da voi, signor, m'è pur vietato

Che dir le vere mie ragion non possa,

Per consumarmi le midolle e l'ossa

Con questo nuovo strazio e non usato;

e lasciando anche da parte il capitolo in lode d'Aristotile (che non affetta il favellar toscano) dedicato a Messer Pietro Buffetto cuoco, spigoliamo proprio in quei capitoli che pajono i più frivoli e spigoliamo nelle lettere del Berni. A Messer Latino Juvenale scrive: «Ecco il Valerio mi riprende, e dice ch'io farei bene a lasciare andar queste baje e a rivolgere i miei pensieri a miglior parte; che maledetto sia egli, e chi sente talmente seco. Che penitenza è la mia, a dare ad intendere al mondo che questo si debba piuttosto imputare alla mia disgrazia che ad alcuna elezione? Io non ho comprato a contanti questo tormento, né me lo sono andato cercando a posta per far rider la gente del fatto mio: che non se ne ridon però se non gli scempi». E a Monsignor Cornaro scrive: «Ma che la natura e la fortuna mi ha fatto tale, dico, asciutto di parole e poco cerimonioso, e per ristoro intrigato in servitù». In un'altra lettera confessa: «Io, spinto dalla furia del dolore, sono ricorso al rimedio della poesia». Egli si governa, come dice in una poesia, *a volte di cervello*, e a Messer Agnolo Divizio scrive: «conciossiaché alla giornata io operi e faccia tutte le mie azioni. Che si cava di questo mondo finalmente altro che 'l contentarsi o *almeno cercare di contentarsi*».

Ciascun faccia secondo il suo cervello

Che non siam tutti d'una fantasia.

E a Giovan Francesco Bini: «Nondimeno ancora io sono stoico come voi, e lascio correre alla 'ngiù l'acqua di questo fiume». In mezzo alla peste, allo stesso Divizio suo padrone, che andava fuggendo di qua e di là per paura, scrive: «Se ben son uomo, e come uomo tengo conto della vita, ho anche tanta grazia da Dio, che a luogo e tempo so non ne tener conto; ch'è anche cosa da uomo. Sicché non mi dite pauroso, ché io sono piuttosto degno di esser chiamato temerario». E come uno stoico veramente fu in mezzo alla peste, ne vinse il terrore e riuscì ad acquistarne quel sentimento che vedremo essere fondamentale dell'umorismo, cioè il *sentimento del contrario*: l'ironia, nei due capitoli in lode della peste, riesce a drammatizzarsi comicamente, e però va oltre alla facezia, oltre alla burla, oltre al comico. Nel flagello vede, come vedrà poi don Abbondio, la scopa, ma con ben altre riflessioni filosofiche.

Non fu mai malattia senza ricetta

La natura l'ha fatte tutt'e due,

Ella imbratta le cose, ella le netta.

E la natura, dopo aver trovato il bujo e le candele e aver fatto gli orecchi e le campane,

Trovò la peste perché bisognava;

bisognava, perché:

... a questo corpaccio del mondo

Che per esser maggior più feccia mena,

Bisogna spesso risciacquare il fondo.

 E la natura che si sente piena

Piglia una medicina di moria.

Ma la natura ha anche «forte del buffone» e il Berni sa bene avvertirne tutti i contrasti amari e le aspre dissonanze e riderne, rappresentandoli. In una lettera in versi al pittore Sebastiano del Piombo, parlando anche di Michelangelo, comune amico, dice:

 Ad ogni modo è disonesto a dire

che voi che fate i legni e i sassi vivi,

Abbiate poi com'asini a morire.

 Basta che vivon le querci e gli olivi,

I sorbi, le cornacchie, i cervi e i cani,

E mille animalacci più cattivi.

 Ma questi son ragionamenti vani,

Però lasciamli andar, ché non si dica

Che noi siam mammalucchi o luterani.

V. L'ironia comica nella poesia cavalleresca

Quando il Brunetière, su la *Revue des Deux Mondes* prima, poi nel volume *Études critiques sur l'histoire de la littérature française*, si scagliò contro l'erudizione contemporanea e la letteratura francese nel Medio Evo, a difender questa e quello sorsero, fieramente indignati, molti critici, segnatamente romanisti, e non soltanto della Francia.

Certo, la difesa dell'erudizione contemporanea sarebbe riuscita molto più efficace, se i difensori non si fossero da un canto lasciati andare per ripicco a dire ogni sorta di villanie contro la critica estetica, e non si fossero, dall'altro, provati a difendere con troppo zelo anche le bellezze della poesia medievale, epica e cavalleresca, della Francia.

Ricordo, fra le altre, la difesa di Cr. Nyrop, nella sua Storia dell'*Epopea francese nel M.E.*, per la ingenua speciosità degli argomenti. «Si è fatto un rimprovero ai poemi dicendo che sono rozzi e ruvidi e che i personaggi che vi agiscono non possono pretendere al nome di eroe, poiché tutto il loro sforzo non tende ad altro che ad *uccidere*.» - Ebbene, da questa accusa di rozzezza, di ruvidità, di crudeltà, come difendeva egli i poemi? Non li difendeva affatto: «Si concederà volentieri, - egli dice anzi, - che in molti poemi si cantano e celebrano cose le quali, osservate dal punto di vista del nostro tempo, non possono chiamarsi altro che crudeltà, abominevoli e bestiali crudeltà, e che gli eroi spesso sfogano la loro ira in modo inumano sopra coloro che per mala ventura sono venuti in loro potere». Cita alcuni esempii e quindi, a mo' di scusa, soggiunge: «ma il Medio Evo non era - osservato cogli occhi del nostro tempo - neppure differente; l'antico poema francese non si è certamente reso colpevole di nessuna esagerazione, poiché la storia ha conservato memoria di molte simili crudeltà».

Bella scusa, la fedeltà storica, di fronte all'estimativa estetica! Ma anche la crudeltà più atroce, come tutto, può essere argomento d'arte; e crudelissimo si dimostra Achille nel trascinare attorno alle mura di Troja il cadavere di Ettore: bisognava dimostrare che la crudeltà, nei poemi francesi, è rappresentata, non solo con fedeltà storica (il che in fondo importerebbe poco), ma artisticamente: e questo il Nyrop non poteva, perché «gli eroi, - riconosce egli stesso, - considerati dal lato psicologico sono figure poco complesse, i loro moti interiori, i loro momenti di dubbio, le lotte del loro animo sono qualche cosa di cui i poeti non fanno quasi mai parola... Analizzare e notomizzare un'anima è solamente possibile e può soltanto interessare in un periodo di civiltà più avanzato. Il poeta del Medio Evo non conosce tutti questi delicati gradi del sentimento: per lui esistono soltanto i più spiccati segni esteriori, per lui gli uomini sono prodi o vigliacchi, lieti o afflitti, credenti o eretici, e quello che essi sono, lo sono completamente ed egli non spende mai molte parole per dirlo a' suoi uditori o a' suoi lettori».

Esaminando poi a uno a uno tutti i poemi, il Nyrop è costretto a riconoscere che la religione, la quale, accanto al furore bèllico, si presenta come uno dei principali motivi nell'epica francese, è una concezione «puerile», anzi la religiosità egli dice, «occorre il più delle volte nei poemi come qualche cosa di esteriore, aggiunto agli eroi, per la qualcosa sta in generale anche in contradizione con le loro azioni. In altre parole: gli eroi non sembrano essere intieramente convinti della verità di tutte le belle sentenze cristiane che si pongono loro in bocca; il loro carattere e il loro interiore mal s'accorda coi miti ed umani dommi del cristianesimo, e ne risulta perciò spesso una contradizione insolubile che apparisce fortemente nei loro discorsi e nelle loro azioni. Così, per recare un esempio, non è raro che l'uno o l'altro eroe dimentichi nelle sue preghiere sé stesso al punto di aggiungere le peggiori minacce se Dio non gli concede quello che egli chiede. Ed io credo, - soggiunge il Nyrop, - che il Gautier e il D'Avril siano molto fuor di strada, quando considerano la religiosità come il più importante elemento dell'epopea.

L'entusiasmo del Gautier ogni volta che gli eroi nominano il nome di Dio è talora ridicolo, egli va in estasi per la frase più bassa e triviale in cui si parli di angeli ed esclama tosto: *sublime, incomparabile*; e quando s'imbatte in qualche verso così stereotipo come questo "*Foi que doi Dieu, le fils sainte Marie*", egli lo chiama una energica affermazione di fede. Il suo punto di veduta, preso nel suo insieme, è così limitato ed estremamente cattolico, che non vale la pena di combatterlo. Io concepisco solo la religiosità degli eroi come qualche cosa che per una parte fu aggiunta più tardi, forse al tempo delle crociate, e diventa perciò soltanto un fattore concomitante ma subordinato; la mia opinione può ben anche essere appoggiata da questo che gli ecclesiastici, specialmente i monaci, sono di rado messi in una luce di cui abbiano molto a lodarsi; se essi vogliono poter pretendere al favore dei poeti, devono, come Turpino, presentarsi con la spada a fianco».

Ho voluto ricordar questo, perché mi sembra che troppo se ne siano dimenticati quanti, discorrendo con scarsa cognizione dell'epopea francese, notano in essa serietà e profondità di sentimento religioso e non so quali e quanti fieri e nobili ideali, per venir poi a dire che quel sentimento e questi ideali non potevano trovar eco nei nostri poeti cavallereschi fioriti in un tempo di *scettica indifferenza*, di *pagana serenità*, *privo di aspirazioni*, ecc. ecc.

Tutte queste frasi fatte non c'entrano e la ragione del riso dei nostri poeti cavallereschi va cercata altrove.

Già l'ironia per la materia, la satira della vita cavalleresca, la troviamo in Francia fin nei poemi, come ad esempio nell'*Aiol*; l'irrisione per l'Imperatore, gli indizii della degradazione graduale di lui si trovano già in un poema antico come l'*Ogier le Danois*, dove Carlo non ha più la prudenza tranquilla e si lascia facilmente vincere dall'ira, e ingiuria e poi ha paura della vendetta degli ingiuriati. A poco a poco, lo vediamo divenire imbecille, «assotez», bersaglio delle beffe, e moralmente corrotto. Nel *Carin de Montglane*, com'è noto, arriva finanche a giocarsi a scacchi la Francia.

La ragione di questo degradamento, di questa irrisione la troviamo facilmente; è in ispecie nei poemi in cui si vuol glorificare qualche eroe provinciale, poemi composti da troveri che servivan vassalli se non al tutto ribelli, quasi indipendenti, ai quali piaceva di ridere alle spalle dell'autorità imperiale.

Come l'irrisione della vita cavalleresca e la degradazione dei cavalieri, esaltati prima alle spalle dei *vilan*, si troverà nei poemi non più cantati a corte o nei castelli. Se il nostro buon Tassoni avesse potuto leggere nel *Siège de Neuville* l'impresa di quei bravi tessitori fiamminghi capitanati da Simone Banin, non si sarebbe forse vantato più inventore del poema eroicomico. Troviamo finanche questo in Francia *purus et putus*.

E allora? Il Rajna avverte che «la propagazione della materia dalla regione transalpina alla cisalpina par seguita sopra tutto di buon'ora ed essersi poi rallentata, ché altrimenti poco si capirebbe come l'Italia abbia conosciuto meglio gli strati arcaici delle *chansons de geste* che i successivi, tanto da conservare racconti e forme di racconto dimenticati poi e alterati nella Francia, e da ignorare invece quasi affatto le creazioni ibride che introdussero nel genere il meraviglioso dei romanzi d'avventura». E traccia in brevi linee il tipo più comune del romanzo cavalleresco prevalso nell'età franco-italiana: tipo a cui risponde in grandissima parte il *Morgante* del Pulci. Ma è da notare altresì col Rajna stesso che «la letteratura romanzesca toscana, senza distinzione di prosa e di rima, ha rapporti diretti e immediati colle età precedenti... Non mancano testi in prosa fabbricati sulle versioni rimate oppure ad un tempo su queste e sulle forme anteriori, francesi o franco-italiane».

Il fatto è che quando in Francia i più antichi poemi furon tradotti in forma di romanzi e scesero tra il popolo, l'epica era morta; e che all'opposto in Italia – se non l'epica, che non era possibile - il poema cavalleresco cominciò a nascere quando, con versioni in prosa o rimate, la produzione francese e franco- italiana o veneta entrò in Toscana e vi trovò il suo metro, l'ottava; e che in tutto questo movimento la materia o rimase qual'era, degradata, o per ringentilirsi si contaminò (nel senso classico della parola) e anche si sollevò fino a drammatizzarsi seriamente.

Che ci han dunque da vedere lo scetticismo del tempo, l'indifferenza, la mancanza d'ogni ideale, se anzi i nostri poeti cavallereschi tendono invece a rialzare a mano a mano, a nobilitar la materia, a rivagheggiar quasi in sogno quegli ideali, lavando del troppo sangue gli eroi e rendendoli più umani e più gentili? Che se, anche così, poi essi non riescono bene a prenderli sul serio, non è già perché li vedano innanzi a loro spogli di quegli ideali e non più animati dall'antico sentimento religioso, ma perché la rappresentazione che di essi aveva fatto la poesia medievale (tranne qualche rarissima eccezione), ruvida e rozza, non li poteva in alcun modo né per alcun lato far prendere sul serio. A poeti colti e maturi, che leggono e sanno ammirare i classici, quegli eroi tutti d'un pezzo, foggiati tutti su lo stesso stampo, dovevano apparir per forza fantocci.

Eppure il popolo ancora e anche i signori prendevano gusto al racconto delle loro gesta inverosimili.

Il popolo si capisce: se ne diletta vivamente tuttora, a Napoli, a Palermo; e la materia si modifica, s'accresce, prende nutrimento e qualità dai sentimenti, dai costumi, dalle aspirazioni della gente innanzi a cui si rappresenta, assumendo una rozza forma, di cui facilmente quella si contenta. Il popolo crede; in ispecie il popolo meridionale, inculto, appassionato e ancor quasi primitivo, serba anche oggidì tutti quegli elementi d'ingenua meraviglia e di credulità superstiziosa e fanatica, che rendon possibili la nascita e lo sviluppo della leggenda: e se Garibaldi, vestito di fiamma, passa in mezzo ad esso, è investito senz'altro, spontaneamente, dei più antichi attributi leggendarii: è creduto invulnerabile, e che abbia nella spada un capello di Santa Rosalia, patrona di Palermo, proprio come Orlando aveva in Durendala un capello della Vergine. E tutti noi, del resto, anche privi della beata ignoranza popolare, non abbiamo forse di Garibaldi, la cui vita fu e volle essere una vera creazione in tutto, fin nel modo di vestirsi, fuori e sopra le conoscenze d'ogni realtà contingente, noi tutti, dico, non abbiamo di Garibaldi un sentimento leggendario, epico, che si offende se minimamente un tratto discordante si voglia metter in luce, un documento storico tenti in qualche punto di diminuircelo? Noi tutti però non potremmo più affatto contentarci oggi d'una epopea garibaldina vera e propria, sorta cioè dal popolo con quegli ingenui e primitivi attributi leggendarii; come per altro non ci contentiamo dei componimenti epico-lirici su questo Eroe, componimenti in cui il poeta tenta di sostituire la immaginazione collettiva del popolo con la propria fantasia individuale, e non ci riesce, perché quell'Eroe con la volontà e col sentimento creò di per sé epicamente la propria vita, cosicché la sua storia è di per sé epopea, e nulla potrebbe aggiungervi la fantasia d'un poeta, come gl'ingrandimenti meravigliosi e ingenui della immaginazione collettiva del popolo la renderebbero a noi diminuita e ridicola: parodia d'epopea a volerla rappresentare; qual è, ad esempio *La scoperta dell'America* di Cesare Pascarella.

Per il popolo la storia non è scritta; o, se è scritta, esso la ignora o non se ne cura; la sua storia esso se la crea, e in modo che risponda a' suoi sentimenti e alle sue aspirazioni.

A una sola storia, se mai, il popolo avrebbe potuto credere, in materia cavalleresca: alla famosa *Cronaca* dello pseudo-Turpino, la quale, all'uopo, per un esempio, avrebbe potuto confermargli che il gigante di nome Ferràu o Ferracutus *fuit de genere Goliat*, poiché la sua statura era *quasi cubitis xx, facies erat longa quasi unius cubiti et nasus illius unius palmi mensurati et brachia et crura ejus quatuor cubitum erant et digiti ejus tribus palmis*. Ma non ce n'era punto bisogno! Perché anzi il bisogno del popolo è sempre un altro: quello di credere, non di dubitare minimamente di ciò che gli piace credere.

Questo dubbio poteva nascere nei tardi raffazzonatori pseudo-letterati dell'epica francese, quando, alterate a lor modo le antiche leggende, tiravano in ballo Turpino o le cronache di S. Dionigi:

Et qui ice voudrai a mançogne tenir

Se voist lire l'estoire en France, a Paris.

Dal che si vede che neanche in questo sarebbero stati originali i nostri poeti cavallereschi, ogni qual volta a mo' di scusa aggiungevano: «*Turpin lo dice*».

Quando questa materia cavalleresca, dalle piazze ove ormai è caduta, risale, per capriccio o per curiosità o per vaghezza che se ne abbia, ai palagi, alle corti dei signori, che avviene?

Ma bisogna innanzi tutto avvertire all'indole, ai gusti, ai costumi di queste corti, a cui sale!

Quale fosse la corte di Lorenzo de' Medici, quali le abitudini, i piaceri, gl'intendimenti di lui, è ben noto; e basterebbe, anche senza dare tutto quel peso che si deve alla diversa indole e alla diversa educazione dei poeti, a spiegarci in gran parte perché il *Morgante Maggiore* sia così diverso dell'*Innamorato* del Bojardo e del *Furioso* dell'Ariosto.

Il *Morgante* risponde perfettamente alla corte di Lorenzo, il quale si piace della espressione popolare e per il popolo compone, parodiando, come nella *Nencia da Barberino*. Egli ha il gusto della parodia, e lo dimostra anche coi *Beoni*, parodia dantesca, letteraria, qui; parodia dell'espressione popolare nella *Nencia*: «Ben è vero che il Medici, - notò il Carducci nella prefazione alle poesie di Lorenzo de' Medici, - contraffece e parodiò più presto che non ritraesse la espressione degli affetti e il modo di favellare de' nostri campagnuoli: ché i *Rispetti* più volte stampati negli ultimi anni mostrano aperto avere il popolo di Toscana più gentilezza d'affetto, più squisitezza di fantasia, più forbitezza di favella che non piacesse prestargliene a Lorenzo dei Medici detto il Magnifico e a Luigi Pulci suo cortegiano. Il quale, com'è de' cortegiani, volle dar a divedere ch'e' facea conto del poeta potente imitandolo nella Beca da Dicomano; e com'è degli imitatori, per superarlo l'esagerò, sfoggiando lo strano e il grottesco dove il Medici pur nella parodia s'era tenuto al delicato.»

Ma è chiaro che l'intenzione parodica comunica per forza alla forma la caricatura, giacché, chi voglia imitare un altro, bisogna che ne colga i caratteri più spiccati e su questi insista: tale insistenza genera inevitabilmente la caricatura.

La presenza di quella pia donna che fu Lucrezia Tornabuoni potrebbe poi anche spiegarci, almeno in parte, la mascheratura religiosa che il Pulci volle dare al suo poema; parodia anch'essa, per altro, a mio modo di vedere, come tutto il resto.

Basta trattare di religione con la lingua buffona della plebe, perché si abbia l'irriverenza.

Ricorderò qui, a questo proposito, ancora una volta quello che il Belli faceva rispondere a Luigi Luciano Bonaparte che gli proponeva la traduzione in romanesco del vangelo di San Matteo. Ma questa irriverenza che nasce dalla lingua buffona della plebe non denota punto per sé stessa irreligiosità. E ricorderò anche l'aneddoto che si racconta in Sicilia d'un altro grande poeta dialettale, notissimo nell'isola e ignoto affatto nel Continente, Domenico Tempio, il quale chiamato un giorno dal vescovo di Catania e paternamente esortato a non più cantare cose oscene e a dare invece al popolo durante la settimana santa un bell'esempio di contrizione sciogliendo un cantico sacro su la passione e morte di Cristo, rispose a Monsignore che volentieri lo avrebbe soddisfatto, essendo egli credentissimo e divoto; e volle anzi dargliene un saggio lì per lì, scagliandosi con due versi d'estrosa improvvisazione contro Ponzio Pilato così sconci, che fecero subito passar la voglia a Monsignore del bell'esempio di contrizione da offrire al popolo catanese durante la settimana santa.

Tutte le dispute che si son fatte intorno alla irriverenza verso la religione, anzi all'empietà, all'ateismo del Pulci, non possono veramente non apparir vane quando si intendano a dovere lo spirito del poema, la qualità e la ragione della sua ironia e del suo riso.

Non è possibile, o è ingiustissimo, giudicare in sé e per sé esclusivamente il *Morgante Maggiore*, come fece ad esempio una prima volta il De Sanctis, il quale credette e volle dimostrare che il Pulci, nel comporre il suo poema, non avesse vera e profonda coscienza del suo scopo; e però condannò come insufficienze del poeta la puerilità delle situazioni, la rudimentalità psicologica dei personaggi, le ripetizioni nell'ordito, ecc. ecc. Il Pulci, invece, è coscientissimo del suo scopo, e tra i due casi che pone il De Sanctis di chi dice sciocchezze con intenzione comica e fa ridere non di lui, ma di quel che dice, e di chi all'incontro dice sciocchezze per sciocchezza e fa ridere di lui e non di quel che ha detto, l'autore del *Morgante* sta certamente nel primo caso, non già nel secondo. Il Pulci dice sciocchezze con intenzione comica o, più propriamente, parodica, e fa ridere, non tanto però quanto vorrebbe far credere in un suo libro recente Attilio Momigliano, come vedremo appresso.

Ho ricordato più su *La scoperta dell'America* di Cesare Pascarella. Ebbene, si può dire che, esteticamente, il Pulci si trovi, di fronte alla materia cavalleresca, in certo qual modo nella stessa posizione del poeta romanesco di fronte alla scoperta dell'America narrata da un popolano. Il Pascarella infatti sorprende, o finge di sorprendere, in un'osteria un popolano saputo, che racconta ad amici quella scoperta, commovendosi della gloria e della sventura di Colombo. Chi si sognerebbe d'attribuire al poeta romanesco le sciocchezze che dice quel popolano? La puerilità ridicola di quei dialoghi col re di Spagna portoghese? tutte le altre meraviglie non meno ridicole e infantili del viaggio, dell'arrivo, del ritorno? E si noti che codeste meraviglie suscitano anche, a un certo punto qualche reazione d'incredulità in chi ascolta: - «Come le sai tu codeste cose?» - «Eh! c'è la storia». (*Turpin lo dice*). E, qua e là, paragoni che par dimostrino con la massima evidenza qualche cosa e invece non dimostrano nulla: e certe tirate calorose di sdegno o d'ammirazione; e certe spiegazioni in cui la logica rudimentale del popolano si compiace quando vuol farsi ragione di qualche caso o avvenimento straordinario; e certi impeti di commozione che fanno ridere non per intenzione comica di chi racconta, ma o per false deduzioni o per immagini improprie e stonate o per incongrue frasi.

Ciaripensa, e te scopre er cannocchiale.

Chi si sognerebbe di dire che il Pascarella voglia metter qui in dileggio Galileo? Ma egli non può, pur serbando affatto oggettiva la rappresentazione di quel racconto d'osteria, non ridere entro di sé e di quel popolano che narra in tal modo la gloria di Colombo e d'altri sommi Italiani e anche della scoperta dell'America in tal modo narrata. E questo suo riso segreto forma quasi un'aria ilare un'atmosfera di comicità irresistibile attorno a quella rappresentazione oggettiva. L'intenzione comica del poeta, nel riferire oggettivamente le sciocchezze di quel popolano, non si appalesa mai; il poeta non fa mai capolino. Questo, veramente, non si può dire del Pulci. Mentre il Pascarella ritrae semplicemente, il Pulci spesso contraffà per parodia. Ma non si debbono imputare a lui tutte le sciocchezze, le volgarità, le puerilità dei cantastorie o della letteratura epica e romanzesca venuta di Francia o dall'Italia settentrionale, poiché egli anzi, contraffacendo e parodiando, se ne beffa apertamente. Sarebbe come prendere sul serio una cosa fatta per giuoco, o come incolpare il Pascarella d'aver deriso la gloria di Colombo, ritraendo il racconto che ne faceva quel popolano. Il Pulci non si sogna neppur lui di deridere la cavalleria o la religione; si spassa a contraffare i cantastorie di piazza, a cantar coi loro modi, con la loro lingua, con la loro psicologia infantile, coi loro mezzi inventivi stereotipati, la materia epica e cavalleresca; di tratto in tratto segue e interpreta il sentimento popolare per qualche scena patetica, per qualche azione che suscita l'ira o il compianto o lo sdegno, ecc. Naturalmente, tutto questo, se rappresenta per lui uno spasso, un giuoco, per il solo fatto poi ch'egli v'impiega l'arte sua e studio e tempo, non può non esser anche preso sul serio; e non di rado, dunque, egli si immedesima davvero nel racconto, ma sempre col sentimento, con la logica, con la psicologia del popolo, e trova espressioni efficacissime. È vero che poi, tutt'a un tratto, rompe questa serietà con una risata. Ma non è mai, secondo me, per intenzione satirica: l'uscita è spesso burlesca, popolare: segue e interpreta anche qui spesso il sentimento del popolo.

E sbaglia, dunque, secondo me, il Momigliano e contradice anche a sé stesso, quando afferma che «il sorriso del *Morgante* è soggettivo: soggettivo nel senso che è la naturale, incoercibile irruzione dell'indole del Pulci nella materia epica. In questo senso, - anzi egli aggiunge, - il *Morgante* è uno dei poemi epici più soggettivi, che io conosca, potrebbe esser definito: il mondo cavalleresco veduto attraverso un temperamento giocondo. Anzi, dopo tante discussioni sul suo protagonista, - chi vuole sia Morgante, chi Gano - io credo che l'unico personaggio, che domina tutta l'azione, attorno al quale tutta l'azione si svolge, sia l'autore stesso: all'infuori di lui non c'è protagonista».

Poche pagine innanzi, egli aveva detto: «In quell'età di riso spensierato più che satirico, il riso del *Morgante* non è che la vernice del tempo, che si sovrappone alla materia tradizionale deformandone soltanto la superficie». E, indagando e studiando nella prima parte del volume l'indole di Luigi Pulci: «Certo mentre l'uomo piangeva, il poeta rideva. Non fu piccola forza d'animo durar a scrivere un poema giocondo come il *Morgante*, col cuore straziato da sempre nuove ferite, fra le minacce della fame e della prigione per debiti. Non sono infrequenti i casi di poeti, che si ridono dei proprii travagli, ma è rarissimo quello di un poeta sventurato, che impiega la sua attività artistica in un'opera, nella quale il riso non si vela mai di pianto. È un miracolo, nel quale probabilmente ebbe qualche parte l'influsso della Rinascenza».

Confesso di passata ch'io non riesco a veder così giocondo lo spirito del nostro Rinascimento, come il Momigliano insieme con altri lo vede. Diffido degli inviti a godere, specialmente quando son così insistenti e vogliono aver l'aria d'essere spensierati, diffido di chi vuol essere gajo ad ogni costo. Il *Trionfo di Bacco e d'Arianna*? Ma è il *carpe diem* d'Orazio.

Tu ne quaesieris, scire nefas, quem mihi, quem tibi

finem Di dederint...

E può dirsi giocondità quella di chi si stordisce per non pensare? Potrebbe esser, se mai, filosofia di saggi, non giocondità di giovani. E quante cose tristi non dicono i famosi canti carnascialeschi a chi sappia leggervi ben addentro!

Ma lasciamo star questo, che per il momento sarebbe questione oziosa, tanto più che per me il Pulci ritrae tutto dall'aspetto caratteristico dell'indole fiorentina e la sua è la lingua buffona del popolo, e le idee e il sentimento del popolo, rispetto alla materia epica e cavalleresca, nelle espressioni d'un cantastorie, egli vuol contraffare e parodiare nel suo *Morgante*, il quale per me, ripeto, non è poi tutto quel monumento di giocondità che il Momigliano ci vorrebbe far credere.

Per spiegarci il miracolo, di cui parla il Momigliano, basta por mente a questo, cioè più allo scopo che il Pulci s'è proposto, che alla sua indole. Se la vita del poeta è tristissima, se egli nel componimento *Io vo' dire una frottola* confessa: «I' ho mal quand'i' rido» e «io non sarò mai lieto», «... non piacqui mai - A me stesso, né piacco», se egli è inclinato fin dalla nascita alla mestizia e alla malinconia, come il Momigliano stesso dimostra per altre testimonianze, oltre a questa della *Frottola* composta negli anni tardi, se «egli aveva due modi per mitigare i propri dolori: rassegnarcisi - ed era il rimedio al quale ricorreva più di raro - *o riderci su al modo degli umoristi:* vera consolazione da disperato», e «quest'umorismo triste - soggettivo nel Pulci, non oggettivo - manca quasi affatto nel *Morgante*», come diventa poi soggettivo, invece, il riso del *Morgante, naturale, incoercibile irruzione dell'indole del Pulci nella materia epica*? Come può esser il Pulci il vero protagonista del suo poema?

Magari fosse stato! Ma il Pulci, se in parte nelle lettere e nella *Frottola* riesce a ridere dei suoi dolori a modo degli umoristi, non riesce mai a oggettivare nel suo poema la disposizione naturale all'umorismo . Egli vive due vite, ma non le fa vivere nel suo poema. «Dualismo doloroso, - esclama qua il Momigliano, - che condanna il Pulci a rappresentare nel *Morgante* la parte d'una maschera allegra, mentre, quando s'è raffreddata la sua fantasia, onde i facili versi sono fluiti come una brigata perennemente gaja dalle porte d'un palazzo fatato, il dolore della vita tormentata di ogni giorno lo deve, pel contrasto, riassalire più acuto che mai!». O dunque? Se è una maschera, non è l'indole che naturalmente e incoercibilmente irrompe nella materia epica!

Ma non è neanche una maschera. Di veramente soggettivo nel poema non c'è quasi nulla: il *Morgante* è «la materia cavalleresca infusa d'un'anima plebea» come dice il Cesareo, il quale nel gigante armato di battaglio e in Margutte vede il popolo stesso che si mira allo specchio del suo rozzo e sincero naturalismo. Il primo è «ignorante, vorace, manesco, burlone, ma non ha perfidia, e compie le imprese più ardue a un sol cenno del suo padrone; è la forza ignara e subitanea del popolo acconciamente diretta da un sentimento che ne sviluppi le qualità oscure, l'onestà, la giustizia, l'indulgenza, la devozione, l'amorevolezza. Margutte invece è il popolo senza fede e senza sentimento, la canaglia abietta e impudente, motteggiatrice ed obliqua, criminosa e spavalda». E il vero protagonista del poema è dunque Morgante, il buon popolo, che segue, ammirato, le strampalate avventure dei paladini di Francia e vi partecipa a suo modo. Il Pulci non ha voluto rappresentare altro, nella sua parodia.

Non posso indugiarmi a rilevare tutte le false conseguenze che il Momigliano trae dalla - secondo me - erronea convinzione che il riso del *Morgante* sia soggettivo. Egli è in buona compagnia: anche per il Rajna le novità del *Morgante* consistono «in certi episodi, dove l'Autore introduce curiosi personaggi di sua fattura e si scapriccia tanto colla fantasia quanto colla ragione, *soprattutto poi nella dimostrazione del suo io* e nell'atteggiamento che prende di fronte all'opera sua». Ora il vero suo «io» il Pulci, se dobbiamo stare all'indagine che ne fa lo stesso Momigliano - ripeto - non lo dimostra affatto nel *Morgante*. Se vi rappresenta la parte d'una maschera allegra! Per me è gravissimo torto attribuire direttamente al poeta ciò che va attribuito al sentimento, alla logica, alla psicologia, alla lingua buffona della plebe, nella parodia ch'egli ne fa.

Così ad esempio, il Momigliano a un certo punto osserva: «Non oserei però sostenere la perfetta innocenza del Pulci, quando Ulivieri mi vien fuori a spiegare il mistero della Trinità con quel certo esempio della candela, che non spiega un bel nulla». Come se di queste spiegazioni che non spiegano nulla non fosse piena tutta la letteratura popolare! E poi, se il paragone si trova già nell'*Orlando*, che c'entra la malizia del Pulci? Più sotto, a proposito della conversione di Fuligatto, osserva: «Già queste conversioni e questi battesimi - e per la loro rapidità e per la loro frequenza e per il troppo fervore dei neofiti - più o meno insospettiscono sempre». Ma se questo è uno dei tratti caratteristici, che dimostrano appunto la puerilità della concezione religiosa nella epopea francese! Appena conquistata una città, i vincitori impongono agl'infedeli la conversione: chi si rifiuta, tagliato a fil di spada; e i battezzati diventano d'un tratto cristiani zelantissimi. Che c'entra il Pulci?

A proposito dell'episodio d'Orlando motteggiato nel c. XXI dai ragazzacci della città, che il paladino attraversa su Vegliantino così mal ridotto, che non si regge in piedi, il Momigliano dice che il Pulci non sente la maestà cavalleresca, e poi nota: «Pel nostro poeta il riso è una delle grandi leggi, a cui tutti devono pagare il proprio tributo. Il Pulci, quindi, accenna ne' suoi personaggi tanto i lati seri quanto i lati ridicoli e li riduce a quando a quando ai limiti dell'umano. Così, in quest'episodio, pare che egli prenda in giro Orlando, ma non è vero: un paladino invitto, col palafreno cascante - anche Vegliantino qui scade dalla dignità solita nei cavalli degli eroi - non è sottoposto ad una *deminutio capitis*, non s'avvicina un po' al Cavaliere dalla trista figura? E questo non può accadere ad un paladino? Ma fate che gli s'avvicini un petulante a beffeggiarlo e vedrete che egli non è un Don Quijote, ma un paladino autentico: ecco in qual modo Orlando, abbassato per un momento, subito si rialza. *Nella fonte c'è qualche cosa di molto simile* (Orl. L. 30- 37). Siam già vicini alla beffa, ma non l'abbiamo raggiunta ancora: la beffa si avrà solo, quando il riso sarà l'esplosione della ribellione meditata del raziocinio». Anche qui è attribuito al Pulci quel che già, prima di tutto, si trova nella fonte, e che si trova poi in altri poemi, come ad esempio nell'*Aiol* e nel *Florent et Octavien*. Così, quella certa facilità di commozione che hanno i paladini, e che al Momigliano sembra non molto naturale in guerrieri di quella tempra, si trova già, come è noto, nell'epopea francese, dove centinaja di volte si leggono versi come questi (formule epiche stereotipate):

Trois fois se pasme sor le corant destrier.

Quando non sviene un intero esercito:

Cent milie franc s'en pasment cuntre terre.

Dato il concetto che il Momigliano s'è formato dell'umorismo, che questo cioè sia «il riso che penetra più finemente o più profondamente nel proprio oggetto, e, anche quando non si eleva alla contemplazione di un fatto generale, è tuttavia indizio di uno spirito avvezzo a cercare il nocciolo delle cose», s'intende com'egli possa trovare con molta buona volontà anche l'umorismo nel *Morgante*, non ostante che prima egli stesso abbia detto che «il genere di riso del *Morgante* non scaturisce da una psicologia profonda» e che questo procede «da due ragioni, dall'inettitudine del Pulci e dalla materia, che di solito si appaga di caratteri inconsistenti» e che il Pulci «vede specialmente il ridicolo fisico, il ridicolo delle forme, degli atteggiamenti, delle movenze d'un corpo» e il suo sia di solito «un riso superficiale» che «nella sua quasi costante leggerezza ritrae dello spirito e della letteratura dei tempi». Ma ora per lui: «il pianto, l'indulgenza, la simpatia, ecc. ecc., sono tutti elementi accessori» dell'umorismo, il quale, in somma, è - come ha detto il Masci - «il senso generale della comicità», e nient'altro. Inteso così, l'umorismo si può trovare da per tutto. Ulivieri è sbalzato di sella da Manfredonio davanti a Meridiana e dice:

Alla mia vita non caddi ancor mai,

Ma ogni cosa vuol cominciamento - ?

Umorismo! Meridiana gli risponde:

Usanza è in guerra cader dal destriere,

Ma chi si fugge non suol mai cadere - ?

Umorismo! Rinaldo, dimentico di Luciana, si innamora di Antea e raccomanda a Ulivieri di servirla con ogni cura, e l'amico risponde: «Cosi va la fortuna, Cércati d'altro amante, Luciana; Da me sarai d'ogni cosa servito?» - «Risposta stringata, filosofica, umoristica» commenta il Momigliano, e via di questo passo.

Ma no! Il vero umorismo non si può trovare nel *Morgante*. Si sarebbe potuto trovare, se il Pulci fosse riuscito a trasfondere i suoi dolori, le sue miserie in qualcuno dei personaggi o in qualche scena, e ne avesse riso, come nella *Frottola* o in qualcuna delle lettere; se la sua ironia, la vana parvenza di quello sciocco, puerile o grottesco mondo cavalleresco, fosse riuscita in qualche punto a drammatizzarsi, attraverso il suo sentimento, comicamente. Ma egli non solo non vede, né può vedere sé nel dramma, ma non riesce neanche a vedere il dramma nell'oggetto rappresentato. E come si può parlare dunque d'umorismo? Dico del vero umorismo, che non è punto quel che crede il Momigliano, seguendo il Masci. Dell'altro, cioè dell'umorismo inteso nel senso più largo e comune, di cui ho già fatto parola, eh, di quello sì, ce n'è in lui solo tanta copia, quanta in cento scrittori inglesi messi insieme, che dal Nencioni o dall'Arcoleo sarebbero tenuti in conto di veri umoristi. Questo è indubitabile.

Mi sono intrattenuto cosi a lungo sul Morgante perché fra i tre nostri maggiori poemi cavallereschi è quello in cui certamente ha più campo l'ironia: l'ironia che - secondo l'espressione dello Schlegel - riduce la materia a una perpetua parodia e consiste nel non perdere, neppure nel momento del patetico, la coscienza della irrealità della propria creazione.

L'intendimento dei due altri poeti, il Bojardo e l'Ariosto, è più serio. Ma bisogna bene intendersi su questa maggior serietà... Il Pulci è poeta popolare, nel senso che non solleva per nulla dal popolo la materia che tratta, anzi ve la tiene per riderne parodiandola, in una corte borghese come quella di Lorenzo che della parodia, come ho detto, ha il gusto. Il Bojardo è poeta cortegiano, nel senso che ha, per usare le parole stesse del Rajna, «una profonda simpatia per i costumi e i sentimenti cavallereschi, cioè per l'amore, la gentilezza, il valore, la cortesia» e se «non ha ritegno a scherzare col soggetto, né ha rimorso di esporre alla derisione i suoi personaggi, gli è che egli intende a celebrare la prodezza, la cortesia e l'amore, non già Orlando e Ferraguto»; cortegiano, dunque, nel senso che scrive per dar buon tempo e gradito sollazzo a una corte che, vivendo in ozii agiati ed eleganti, appassionandosi ai casi di Ginevra e di Isotta, alle avventure dei cavalieri erranti, non avrebbe potuto far buon viso ai paladini di Francia, se questi le fossero venuti innanzi senza amore e senza cortesia. L'Ariosto, se per condizioni di vita, rispetto alla casa d'Este, è - in un altro senso - poeta cortegiano anche lui, rispetto però alla materia che prende a trattare, non guarda che alle condizioni serie dell'arte.

Abbiamo veduto che nella stessa Francia già da tempo il mondo epico e cavalleresco aveva perduto ogni serietà. Come avrebbero potuto i poeti italiani trattare seriamente ciò che già da tempo era cessato di esser serio? L'ironia comica era inevitabile. Ma «chi fa un lavoro comico - osserva giustamente il De Sanctis - non è esentato dalle condizioni serie dell'arte».

Ebbene, queste condizioni serie dell'arte rispetta più di tutti l'Ariosto, meno di tutti il Pulci, ma non per difetto d'arte, come era parso prima al De Sanctis, bensì - ripetiamo - per lo scopo ch'egli si prefisse.

Chi fa una parodia o una caricatura è certamente animato da un intento o satirico o semplicemente burlesco: la satira o la burla consistono in un'alterazione ridicola del modello, e non sono perciò commisurabili se non in relazione con le qualità di questo e segnatamente con quelle che spiccano di più e che già rappresentano nel modello una esagerazione. Chi fa una parodia o una caricatura insiste su queste qualità spiccate; dà loro maggior rilievo; esagera un'esagerazione. Per far questo è inevitabile che si sforzino i mezzi espressivi, si àlteri stranamente, goffamente o anche grottescamente la linea, la voce o, comunque, l'espressione; si faccia in somma violenza all'arte e alle condizioni serie di essa. Si lavora su un vizio o su un difetto d'arte o di natura, e il lavoro deve consistere nell'esagerato, perché se ne rida. Ne risulta inevitabilmente un mostro; qualcosa che, a considerarla in sé e per sé, non può avere alcuna verità, né, dunque, alcuna bellezza; per intenderne la verità e però la bellezza, bisogna esaminarla in relazione col modello. Si esce così dal campo della fantasia pura. Per ridere di quel vizio o di quel difetto o per deriderli, dobbiamo anche scherzare con lo strumento dell'arte; esser coscienti del nostro gioco, che può esser crudele, che può anche non aver intenzioni maligne o averne anche di serie, come le aveva ad esempio Aristofane nelle sue caricature.

Se dunque il Pulci nel suo lavoro comico viene meno alle condizioni serie dell'arte, non è per insufficienza d'arte, ripeto. Lo stesso non si può dire del Bojardo. La maggior serietà di questo deve considerarsi non già nell'intenzion dell'arte, che gli difetta, bensì in quella di piacere alla sua corte, seguendo anche il suo gusto e il piacer suo.

Si arrivò finanche a dire che il Bojardo tratta seriamente, nel suo poema, la cavalleria. Il Rajna, che - com'è noto - nel suo libro su *Le Fonti dell'Orl. Fur.* par che si sia proposto di rialzare il Bojardo a costo del «suo continuatore», a proposito della distinzione da farsi tra l'*Innamorato* e il *Furioso*, domanda: «La faremo noi consistere nella cosiddetta *ironia ariostesca*? Certo starebbe bene, se fosse vero, come si pretende, che l'Ariosto avesse, con un sorriso incredulo, sciolto in fumo l'edificio del Bojardo, e trasformato in fantasmi i personaggi dell'*Innamorato*. Il male si è che quell'edificio, quei personaggi, erano già una fantasmagoria anche per il Conte di Scandiano. Se Lodovico non crede al mondo che canta e se ne fa giuoco, non ci crede maggiormente e all'occasione non se ne fa meno giuoco il suo predecessore e maestro; se ironia c'è nel *Furioso*, non ne manca nemmeno nell'*Innamorato*». E, alcune pagine innanzi: «Certo il sentir parlare di burlesco e umorismo, a proposito dell'*Innamorato*, deve far meraviglia, e non poca. Si è tanto avvezzi a sentir ripetere su tutti i toni, e da uomini autorevolissimi e giudiziosissimi, che il Bojardo canta le guerre d'Albraccà, e le avventure d'Orlando e di Rinaldo, con quella medesima serietà e convinzione, colla quale il Tasso celebrava un secolo dopo le imprese dei Cristiani in Palestina e l'acquisto di Gerusalemme! È un errore di cui mi par superflua la confutazione... Non ci vuol molto ad accorgersi che tra il Bojardo ed il mondo da lui preso a rappresentare, c'è un vero contrasto, dissimile soltanto per grado e per tono da quello che impediva al Pulci d'immedesimarsi colla sua materia. Ché agli occhi di ogni Italiano colto del secolo xv erano ridicoli quei terribili colpi di lancia e di spada, che al paragone avrebbero fatto apparir fanciulli gli eroi di Omero; ridicolo quel frapparsi (!) le armature e le carni per le ragioni più futili, od anche senza un motivo al mondo; ridicole le profonde meditazioni amorose, che assorbivano tutta l'anima per ore ed ore, e sopprimevano ogni ombra di coscienza; ridicole, insomma, tutte le esagerazioni dei romanzi cavallereschi. O come si vuole che un uomo imbevuto fino al midollo di coltura classica, e dotato di un buon senso a tutta prova, avesse a contemplare e rappresentare questo mondo senza mai prorompere in uno scoppio di riso? E infatti il Bojardo ride, e si studia di far ridere; anche in mezzo alle narrazioni più serie esce in frizzi e facezie; e più d'una volta egli crea scene, che si potrebbero credere trovate dal Cervantes per beffare la cavalleria ed i suoi eroi».

Il Rajna crede di difendere così il Bojardo da una ingiustizia. Il suo torto – e gli è stato rilevato alla ristampa del libro dal Cesareo - è quello di trattare la questione dei rapporti tra il Bojardo e l'Ariosto senza una adeguata preparazione estetica. Eppure, già il De Sanctis, trattando della poesia cavalleresca in un corso di lezioni all'Università di Zurigo, aveva avvertito maravigliosamente: «La facoltà poetica per eccellenza è la fantasia: ma il poeta non lavora solo con le facoltà estetiche, tutte le facoltà cooperano: il poeta non è solo poeta; mentre la fantasia forma il fantasma, l'intelletto e i sensi non rimangono inerti. Un poeta può avere potente virtù estetica ed esser povero d'immaginazione, commettere errori nel disegno o spropositi storici e geografici: questi difetti non toccano l'essenza della poesia. Ma se un poeta che ha in alto grado queste alte facoltà, che ha un bel disegno ed una perfetta esecuzione meccanica, ha debole fantasia, non saprà render vivente quanto vede: la mancanza di fantasia è la morte del poeta. Ecco la distinzione da farsi. Fin qui non avete diritto di mettere in quistione l'ingegno poetico del Bojardo; i difetti, che abbiamo enumerato, dipendono da altre facoltà. Per venire ad esaminarlo come poeta, bisogna dunque vedere fino a qual punto abbia la potenza formativa del fantasma. Ha una grande inventiva: è stato il poeta italiano che ha raccolto il più vasto e vario materiale di poesia; non solo per quantità ma anche per qualità. L'inventiva è già una prima condizione del poeta; e per tal riguardo il Bojardo è superiore al Pulci. - Ma, non che basti, è poca cosa: l'invenzione nell'arte è il meno. Dumas lascia ai suoi segretarii l'incarico di raccogliere i materiali, ne' quali si riserba d'infonder poi la vita. Raccolto il materiale, il Bojardo lo sa lavorare? Ecco la quistione. Non lo lascia nudo ed arido come il Pulci; ha la facoltà del concepimento, dà ad ogni fatto e personaggio le determinazioni necessarie perché acquisti una fisionomia propria. Non gli basta l'abbozzare un personaggio; e anzi, egli è uno dei principali disegnatori della poesia italiana. Pochi sanno dar con più sicurezza i lineamenti ad un carattere... Che resta da fare al poeta? Mostrar vivo il personaggio. Chi ha dato tal forma e tal carattere, lo deve far vivere. Bisogna che la *concezione* diventi *situazione*. Anche i più appassionati non sono sempre appassionati. Volendo mettere in opera le determinazioni, bisogna scegliere tali circostanze che, mediante di esse, possano manifestarsi le forze interne d'un personaggio. V'è situazione estetica quando il personaggio è posto nelle condizioni più favorevoli, perché possa rivelarsi. Ma il Bojardo non sa mutar la concezione in situazione».

Il Cesareo, che svolge ampiamente e precisa nel suo studio su *La fantasia dell'Ariosto* questa stupenda intuizione del De Sanctis, nota a questo punto che, in verità «quando una creatura vive nella fantasia d'un poeta, ella si rivelerà intera in qualunque circostanza si trovi. Il poeta non ha da scegliere nulla, perché quella creatura è libera, autonoma, fuori del poeta medesimo e non si può trovare se non in quelle situazioni a cui la sospinge il suo carattere in contrasto coi caratteri circostanti. Le situazioni vengon da sé, non le sceglie il poeta; il quale deve soltanto curare che in ciascuna situazione, anche la meno drammatica, il personaggio apparisca tutto, con tutte le sue determinazioni interiori . E allora una sola situazione basterà a farci conoscere quella creatura; e noi sapremo a un dipresso ciò che ella farà in situazioni "più favorevoli". Il carattere di Farinata è già tutto ne' primi sei versi co' quali ei si volge a Dante; quello d'Amleto è già tutto nella scena dell'udienza a Corte; quello di don Abbondio è già tutto nella sua passeggiata in vista de' bravi. Certo, la successione delle situazioni accresce intensità ed evidenza al carattere; ma qualunque situazione è una situazione estetica».

Per il Cesareo, al Bojardo manca per l'appunto la visione completa del carattere; ed io son d'accordo con lui. Su un altro punto io dissento dal De Sanctis, cioè là dove egli dice che il Bojardo «per intenzioni pedantesche, ha voluto fare seriamente quanto è sostanzialmente ridicolo». Codeste intenzioni pedantesche nel Bojardo veramente non so vederle, come non so vedere ch'egli abbia voluto esser serio e che soltanto «per la forza dei tempi» sia riuscito ridicolo. Se, come dice lo stesso De Sanctis, egli «ride delle sue invenzioni», non ha voluto esser serio. Secondo me, anzi, il torto del Bojardo è proprio là dove il Rajna crede di difenderlo da una ingiustizia: che egli, cioè, nobile cavaliere, animato da una profonda simpatia per i costumi cavallereschi, cioè per l'amore, la gentilezza, il valore, la cortesia, non ha voluto esser serio, come per il sentimento suo poteva e come per il rispetto alle condizioni serie dell'arte doveva. E, non volendo esser serio, egli non ha saputo ridere, perché a quella materia solo un riso ormai conveniva, quello della forma, e la forma sopra tutto manca al Bojardo. Dice bene il Rajna che «non ci vuol molto ad accorgersi che tra il Bojardo ed il mondo da lui preso a rappresentare, c'è un vero contrasto, dissimile soltanto per grado e per tono da quello che impediva al Pulci d'immedesimarsi colla sua materia». Ma l'inferiorità del Bojardo rispetto al Pulci e all'Ariosto è appunto qui, nel *grado* e nel *tono* del suo riso. Egli volle badar soltanto a sollazzare sé e gli altri, e non intese che, volendo sollevar dal popolo quella materia e non volendo più farne deliberatamente la parodia, come aveva fatto il Pulci, si dovevano rispettare le condizioni serie dell'arte, come l'Ariosto le rispettò.

Non è affatto vero che il poeta del *Furioso* con sorriso incredulo sciolga in fumo l'edificio del Bojardo e trasformi in fantasmi i personaggi dell'*Innamorato*. Al contrario! Egli dà anzi a quell'edificio e a quei personaggi ciò che loro mancava: consistenza e fondamento di verità fantastica e coerenza estetica.

Bisogna bene intendersi sul non credere del poeta al mondo che canta o che, comunque, rappresenta. Ma si potrebbe dire che non solo per l'artista, ma non esiste per nessuno una rappresentazione, sia creata dall'arte o sia comunque quella che tutti ci facciamo di noi stessi e degli altri e della vita, che si possa credere una realtà. Sono, in fondo, una medesima illusione quella dell'arte e quella che comunemente a noi tutti viene dai nostri sensi.

Pur non di meno, noi chiamiamo *vera* quella dei nostri sensi, *finta* quella dell'arte. Tra l'una e l'altra illusione non è però questione di *realtà*, bensì di *volontà*, e solo in quanto la finzione dell'arte è *voluta*, voluta non nel senso che sia procacciata con la volontà per un fine estraneo a sé stessa; ma voluta per sé e per sé amata, disinteressatamente; mentre quella dei sensi non sta a noi volerla o non volerla: si ha, come e in quanto si hanno i sensi. E quella dunque è libera, e questo no. E l'una finzione è dunque immagine o forma di sensazioni, mentre l'altra, quella dell'arte, è creazione di forma.

Il fatto estetico, effettivamente, comincia solo quando una rappresentazione acquisti in noi per sé stessa una volontà, cioè quando essa in sé e per sé stessa *si voglia*, provocando per questo solo fatto, *che si vuole*, il movimento (tecnica) atto ad effettuarla fuori di noi. Se la rappresentazione non ha in sé questa volontà, che è il movimento stesso dell'immagine, essa è soltanto un fatto psichico comune; l'immagine non voluta per sé stessa; fatto spirituale-meccanico, in quanto non sta in noi volerla o non volerla; ma che si ha in quanto risponde in noi a una sensazione.

Abbiamo tutti, più o meno, una volontà che provoca in noi quei movimenti atti a creare la nostra propria vita. Questa creazione, che ciascuno fa a sé stesso della propria vita, ha bisogno anch'essa, in maggiore o minor grado, di tutte le funzioni e attività dello spirito, cioè d'intelletto e di fantasia, oltre che di volontà; e chi più ne ha e più ne mette in opera, riesce a creare a sé stesso una più alta e vasta e forte vita. La differenza tra questa creazione e quella dell'arte è solo in questo (che fa appunto comunissima l'una e non comune l'altra): che quella è *interessata* e questa *disinteressata*, il che vuol dire che l'una ha un fine di pratica utilità, l'altra non ha alcun fine che in sé stessa; l'una è voluta per qualche cosa; l'altra si vuole per sé stessa. E una prova di questo si può avere nella frase che ciascuno di noi suol ripetere ogni qual volta, per disgrazia, contro ogni nostra aspettativa, il proprio fine pratico, i proprii interessi siano stati frustrati: «*Ho lavorato per amore dell'arte*». E il tono con cui si ripete questa frase ci spiega la ragione per cui la maggioranza degli uomini, che lavorano per fini di pratica utilità e che non intendono la volontà disinteressata, suol chiamare matti i poeti veri, quelli cioè in cui la rappresentazione si vuole per sé stessa senz'altro fine che in sé medesima, e tale essi la vogliono, quale essa si vuole. Non ricorderò qui la domanda del cardinale Ippolito a Messer Lodovico. Il quale però, per tutta risposta, avrebbe potuto rileggergli quell'ottava del canto ove si narra del viaggio di Astolfo alla Luna:

Non sì pietoso Enea, né forte Achille

Fu, com'è fama, né sì fiero Ettorre;

E ne son stati e mille e mille e mille

Che lor si puon con verità anteporre:

Ma i donati palazzi e le gran ville

Dai discendenti lor, gli ha fatto porre

In questi senza fin sublimi onori

Dall'onorate man degli scrittori...

Dal che si può vedere come anche in un grandissimo poeta un sentimento almeno in parte non disinteressato poté macchiar l'opera e mortificarla.

Fortunatamente questo avvenne per una parte soltanto del poema. In qualche altro punto si può notare che la riflessione più che il sentimento, muova la rappresentazione; la quale allora perde l'azione spontanea, d'essere organico e vivente, e acquista un movimento rigido e quasi meccanico. È là dove il poeta dimostra d'essersi proposto a freddo il rispetto delle condizioni serie dell'arte, là cioè dove non le rispetta più istintivamente, ma per intenzione preconcetta. Citerò per esempio le personificazioni di Melissa e di Logistilla.

Ma là dove il poeta rispetta istintivamente le condizioni serie dell'arte, cessa l'ironia? riesce il poeta a perder la coscienza della irrealtà della sua creazione? e come s'immedesima egli con la sua materia?

Questo è il punto da chiarire e che richiede l'analisi più sottile. E qui il segreto dello stile dell'Ariosto.

Nella lontananza del tempo e dello spazio, il poeta vede innanzi a sé un mondo meraviglioso che in parte la leggenda, in parte le capricciose invenzioni dei cantori han costruito attorno a Carlo Magno. Egli vede l'Imperatore non già come quella cosa oscura del Pulci, che passeggia per la mastra sala impaurito dei formidabili eserciti dei Saracini o, più spesso, delle minacciate vendette dei Paladini per i tradimenti di Gano, che lo mena per il naso a sua posta: né lo vede come il Bojardo, Carlone rimbambito, che s'indugia a parlar con Angelica, affocato in volto e con gli occhi lustri, poiché si sente toccar l'ugola anche lui. Egli comprende che è da farsa o da teatrino di marionette un imperatore così fatto. Rida il volgo, ridano i fanciulli dei fantocci. Il riso è facile quando con burlesca grossolanità si sconci una figura o si faccia comunque ridicola violenza alla realtà. Questo non può voler l'Ariosto; e questo lo pone già di gran lunga sopra ai suoi predecessori, non solo, ma tanto alto forse, che - quantunque egli poi si sforzi o di dissennarsi o di tirar su fino alla sua altezza quella materia - essa, per ciò che ha in sé di irriducibile ormai, gli resta in parte di troppo inferiore. Egli la domina da assoluto padrone e secondo l'imprevedibile capriccio della sua maravigliosa fantasia creatrice combina e separa, associa e dissocia tutti gli elementi ch'essa gli fornisce. Con questo giuoco, che meraviglia e incanta per la sua prodigiosa agilità, egli riesce a salvar sé e la materia. Dov'egli può, cioè in quel che han di eterno i sentimenti umani e le umane illusioni, egli s'immedesima tutto, fino a dar la stessa consistenza della realtà alla sua rappresentazione; dove non può, dove agli occhi suoi stessi si scopre la irrealtà irreparabile di quel mondo, egli dà invece alla rappresentazione una leggerezza, quasi di sogno, che si ilara tutta d'una sottilissima ironia diffusa, che non rompe quasi mai l'incanto né di questa o di quell'opera di magia rappresentata, né quello assai più meraviglioso che opera la magia del suo stile.

Ecco, ho detto la parola: la magia dello stile. Il poeta ha compreso che a un solo patto si poteva dar coerenza estetica e verità fantastica a quel mondo, ove appunto la magia ha tanta parte: a patto che il poeta diventasse un mago a sua volta, e il suo stile dalla magia prendesse qualità e virtù. E c'è l'illusione che il poeta crea a noi, e talvolta anche a sé stesso, immedesimandosi nel giuoco fino ad abbandonarvisi tutto. Ah, quel giuoco tanto gli par bello, che bramerebbe crederlo realtà: non è, pur troppo! Tanto che, di tratto in tratto, il velo sottilissimo si squarcia; attraverso lo squarcio la realtà vera, del presente, si scopre, e allora l'ironia diffusa si raccoglie d'un subito e con improvviso scoppio s'appalesa. Questo scoppio però non stride, non urta mai troppo: si presente sempre. E oltre alle illusioni che il poeta crea a noi e a sé stesso, ci son quelle che i personaggi si creano e quelle che a loro creano i maghi e le fate. È tutto un giuoco d'illusioni, fantasmagorico. Ma la fantasmagoria non è tanto nel mondo rappresentato, che ha sovente, ripeto, la consistenza stessa della realtà; quanto nello stile e nella rappresentazione del poeta, il quale con meraviglioso accorgimento ha compreso, che cosí soltanto, rivaleggiando cioè con la stessa magia, poteva salvar gli elementi irriducibili della materia e renderli con tutto il resto coerenti. Ne vogliamo una prova? Il poeta rivaleggia con la magia d'Atlante, nel canto XII: il mago ha innalzato un castello, ove i cavalieri si travagliano invano a cercar le loro donne ch'essi vi credono rapite; tre, Orlando, Ferraù e Sacripante, vi cercano la finta immagine d'Angelica, che essi credon vera. Ebbene, il poeta, più mago d'Atlante, fa che Angelica viva e vera entri in quel castello. Angelica che può rendersi vana come quella vana immagine creata da Atlante per magia.

Quivi entra, che veder non la può il Mago;

E cerca il tutto, ascosa dal suo anello;

E trova Orlando e Sacripante vago

Di lei cercar invan per quello ostello.

Vede come fingendo la sua imago

Atlante usa gran fraude a questo e a quello.

Chi tor debba di lor molto rivolve

Nel suo pensier, né ben se ne risolve.

....

L'anel trasse di bocca, e di sua faccia

Levò dagli occhi a Sacripante il velo

Credette a lui sol dimostrarsi, e avvenne

Ch'Orlando e Ferraù le sopravvenne.

....

Corser di par tutti alla donna, quando

Nessun incantamento gl'impediva;

Perché l'anel ch'ella si pose in mano

Fece d'Atlante ogni disegno vano.

È una magia che entra in un'altra. Il poeta si avvale di quest'elemento, lo fa anzi siffattamente suo, che in un momento innanzi agli occhi nostri illusi la realtà diventa magia e la magia realtà: appena Angelica si scopre, la realtà d'un subito avventa e crolla l'incanto; sparisce mercé l'anello, ed ecco il castello d'Atlante assumer quasi consistenza reale innanzi a noi. Che stupenda finezza in questo giuoco! E giuoco di magia; ma la magia vera è quella dello stile ariostesco.

Che ne volete più di quei poveri cavalieri?

Volgon pel bosco or quinci or quindi in fretta

Quelli scherniti la stupida faccia.

Chi li fa andare incontro a questi scherni e a guai anche peggiori? Ma l'amore, signori miei, che se non è proprio proprio una pazzia, tante pur ne fa fare, jeri come oggi, e tante ne farà fare domani e sempre!

Chi mette il piè su l'amorosa pania,

Cerchi ritrarlo, e non v'inveschi l'ale;

Ché non è in somma Amor se non Insania

A giudizio de' savi universale:

E sebben come Orlando ognun non smania,

Suo furor mostra a qualch'altro segnale.

E quale è di pazzia segno più espresso,

Che, per altri voler, perder sé stesso?

    Vari gli effetti son; ma la pazzia

    È tutt'una però, che li fa uscire.

    Gli è come una gran selva, ove la via

    Conviene a forza, a chi vi va, fallire.

In questi due ultimi versi il poeta dà una perfetta immagine del suo poema, che poggia per tanta parte su quest'amore che dissenna. Fontane, giardini, castelli incantati? Ma sì! Se sono oggi per noi larve inconsistenti, furono come realtà per le pazzie che l'Amore fece far jeri, là in quel mondo lontano; ridetene, se vi piace; ma pensate che altre fallaci immagini crea oggi e creerà domani con l'eterna magia delle sue illusioni l'Amore, a scherno e a tormento degli uomini. Se voi ridete di quelli, potreste ugualmente ridere di voi.

Frate, tu vai

L'altrui mostrando e non vedi il tuo fallo.

Sotto la favola è la verità. Vedete: il poeta non ha che a gravare un tantino la mano, perché la favola gli si muti in allegoria. E la tentazione è forte, e qua e là egli difatti vi casca; la fantasia però subito lo risolleva, per fortuna, e lo richiama al giusto grado e al giusto tono, in cui fin da principio s'era messo: - Dirò d'Orlando,

Che per amor venne in furore e matto

D'uom che sí saggio era stimato prima;

Se da colei che tal quasi m'ha fatto,

Che 'l poco ingegno ad ora ad or mi lima,

Me ne sarà però tanto concesso

Che mi basti a finir quanto ho promesso.

E fin da principio lo stile ha virtù magica. Tutto il primo canto è, nella rappresentazione, fantasmagorico, corso da lampi, d'apparizioni fugaci. E questi lampi non sprazzano per abbagliar soltanto i lettori, ma anche gli attori della scena. Ecco: ad Angelica balza innanzi Rinaldo; a Ferraù, che cerca l'elmo, l'Argalia; a Rinaldo, Bajardo, a Sacripante, Angelica; a tutt'e due, Bradamante, e poi il messaggero, e poi Bajardo di nuovo e poi di nuovo Rinaldo. E questi lampi, dopo il rapidissimo guizzo, si estinguono comicamente, con la frode dell'illusione improvvisa. Il poeta esercita, cosciente, questa sua magia; non dà mai tempo; lascia questo e prende quello; sbalordisce e sorride dello sbalordimento altrui e de' suoi stessi personaggi.

Non va molto Rinaldo che si vede

Saltare innanzi il suo destrier feroce:

Ferma, Bajardo mio, deh ferma il piede!

Che l'esser senza te troppo mi nuoce.

Per questo il destrier sordo a lui non riede,

Anzi più se ne va sempre veloce.

Segue Rinaldo, e d'ira si distrugge,

Ma seguitiamo Angelica che fugge.

Figurarsi se Bajardo voleva fermarsi! Il suo padrone è innamorato, dunque e matto. E

Quel destrier, ch'avea ingegno a meraviglia

capisce quel che il suo padrone non può capire. Ecco: il senno che l'Amore toglie agli uomini è dato dal poeta a una bestia. Nel c. II (s. 20) dice, a mo' d'aggiunta, «il destrier ch'avea intelletto umano». Umano, sì, ma - intendiamoci – non d'uomo innamorato!

Non giurerei proprio che qui non ci sia una punta di satira. L'ironia del poeta è una sottilissima sega, che ha tanti denti, e anche quello della satira, che morde un po' tutti, fino fino, sotto sotto, a cominciar dal cardinale Ippolito, suo padrone.

Oh gran bontà dei cavalieri antiqui!

Vi par che qui l'ironia consista soltanto nel fatto che Ferraù e Rinaldo, dopo essersi picchiati a quel modo che sapete, cavalchino insieme, come se nulla fosse stato? Il Rajna dice che i romanzi francesi recano in buona fede molti esempii di siffatte magnanime cortesie, e tre ne reca dal Tristan per concludere: «Questa è la cortesia e la lealtà dei cavalieri di Bretagna». Benissimo! Ma non già dei due cavalieri dell'Ariosto, che non dimostrano ombra di cavalleria. Per intenderlo, bisogna pensare a che cosa avrebbe potuto rispondere Ferraù alla proposta di Rinaldo di smettere il duello: «Io non combatto per una preda, io combatto per difendere una donna che m'invoca ajuto; e se io son riuscito a difenderla, non ho combattuto invano». Un buon cavaliere antico, veramente nobile, avrebbe risposto così. Ma tanto Rinaldo quanto Ferraù non vedono in Angelica che una preda da appropriarsi, e poiché questa è uscita lor di mano, s'ajutano entrambi a rintracciarla con un criterio molto positivo e pochissimo cavalleresco. Quella esclamazione dunque «oh gran bontà dei cavalieri antiqui!» è veramente ironica e suona irrisione. Tanto è vero, che poco dopo, nel c. II, ripetendosi la medesima situazione del duello interrotto per la stessa ragione, Rinaldo lascia Sacripante a piedi:

E dove aspetta il suo Bajardo, passa,

E sopra vi si lancia, e via galoppa;

Né al cavalier, ch'a piè nel bosco lassa,

Pur dice addio, non che lo 'nviti in groppa.

Ripetete sul serio, se vi riesce, dopo questo:

Oh gran bontà dei cavalieri antiqui!

Il poeta scherza, e con quel povero re di Circassia, «quel d'amor travagliato Sacripante», lo scherzo del poeta è veramente crudele e passa la parte. Già, come lo dipinge: «Un ruscello / Parean le guance, e 'l petto un Mongibello!». Gli pone accanto, benigna, colei per cui si duole; poi, sotto gli occhi di Angelica, lo fa buttare in terra miseramente da un cavaliere che passa di corsa; e Angelica non ha ancor finito di confortarlo con fine ironia, attribuendo cioè, al solito, la colpa della caduta al cavallo, che gli fa dare il calcio dell'asino da quel messaggero che sopravviene afflitto e stanco su un ronzino:

Tu dêi saper che ti levò di sella

L'alto valor d'una gentil donzella.

C'è da morirne! Ma non basta: ecco Rinaldo; Angelica fugge; e il povero Sacripante, re di Circassia, resta scornato, bastonato e a piedi.

Ma alla fin fine può consolarsi, che non avvengono soltanto a lui simili disgrazie. Ad altri ne occorrono anche di peggiori. Ce n'è per tutti! Il poeta si spassa a rappresentar la frode delle varie illusioni e a frodar anche i maghi che le frodi ordiscono. È un mondo in balia dell'amore, della magia, della fortuna; che ne volete? E come dell'amore le pazzie e della magia gl'inganni, egli rappresenta della fortuna la mutabilità.

Ferraù, staccatosi al bivio da Rinaldo, gira gira, si ritrova «onde si tolse», e poiché non spera di ritrovar la donna, si scorda le botte date e ricevute, la tenzone differita, e si rimette a cercar l'elmo che gli era caduto nell'acqua.

Or se fortuna (quel che non volesti

Far tu) pone ad effetto il voler mio,

Non ti turbar,

li grida l'Argalia emerso dalle onde con l'elmo in mano, l'elmo caduto a Ferraù giusto dove il cadavere dell'Argalia era stato gittato. Un tratto che a noi non suona comicamente, ma che forse poteva sonar comico a coloro che avevan dimestichezza col poema e i personaggi del Bojardo, è nei versi che dipingono l'orrore di Ferraù all'apparir dell'ombra d'Argalia:

Ogni pelo *arricciosse*

E scolorosse al Saracino il viso.

Ora Ferraguto era stato raffigurato dal Bojardo,

Tutto ricciuto e ner come carbone.

Gli si poteva *arricciare* il pelo e *scolorir* il viso?

Non giuoca forse anche qui, dunque, il poeta?

L'altro contendente, Rinaldo, spedito da Carlo in Bretagna per ajuti e distolto cosí d'andar cercando Angelica

Che gli avea il cor di mezzo il petto tolto,

arrivato a Calesse, lo stesso giorno,

Contro la volontà d'ogni nocchiero,

Pel gran desir che di tornare avea,

Entrò nel mar ch'era turbato e fiero;

ma, sissignori, spinto dal vento nella Scozia, si scorda di Angelica, si scorda di Carlo e della gran fretta che avea di ritornare, e s'affonda solo nella gran selva Caledonia, facendo ora una, ora un'altra via

Dove più aver strane avventure pensa.

E capitato a una badia, prima mangia, poi domanda all'abbate come si possano ritrovare queste avventure per dimostrarsi valente. E «i monachi e l'Abbate»:

Risposongli, ch'errando in quelli boschi,

Trovar potria strane avventure e molte:

Ma come i luoghi, i fati ancor son foschi;

Ché non se n'ha notizia le più volte.

Cerca, diceano, andar dove conoschi

Che l'opre tue non restino sepolte,

Acciò dietro al periglio e alla fatica

Segua la fama, e il debito ne dica.

Il Rajna qua si compiace nel notare che «mai un barone del ciclo di Carlo Magno fu convertito così espressamente in Cavaliere Errante come in questo caso», ma non può non avvertire che «le parole degli ospiti dànno tuttavia a conoscere come lo spirito della cavalleria romanzesca sia ormai svanito» poiché sempre per i principali tra gli Erranti la modestia è uno dei primissimi doveri, tal che nulla è tanto difficile, quanto indurli a confessarsi autori di qualche opera gloriosa, e anche quando essi si trovano dinanzi a migliaja di spettatori, procurano di celarsi con ignote divise; cavalcano quasi sempre sconosciuti, mutando spesso di insegne, e nascondendosi molte volte anche agli amici più cari e più fidi.

E allora? Non dobbiamo arguire che qui ci sia un'intenzione satirica, e che anzi questa intenzione sia stata così forte nel poeta, da farlo venir meno una volta tanto alle condizioni serie dell'arte, che pure egli più di tutti suol rispettare? L'incoerenza estetica, difatti, nella condotta di Rinaldo è lampantissima e inescusabile il personaggio non appare libero, ma soggetto all'intenzione dell'autore.

Ho voluto notar questo perché mi sembra che troppo si tenda, da qualche tempo in qua, a sforzare i termini dell'immedesimazione del poeta con la sua materia. Certo è difficilissimo vederli netti e precisi, questi termini. Ma non li vede affatto, secondo me, o ha ben poco *chiaro il lume del discorso*, chi, riconoscendo - com'è giusto - l'immedesimazione del poeta col suo mondo, nega l'ironia o in gran parte la esclude o gli dà poca importanza. Bisogna riconoscere l'una cosa e l'altra - l'immedesimazione e l'ironia - poiché nell'accordo, se non sempre perfetto quasi sempre però raggiunto, d'entrambe queste cose a prima vista contrarie, sta, ripeto, il segreto dello stile ariostesco.

L'immedesimazione del poeta col suo mondo consiste in questo, che egli con la fantasia potente *vede*, digrossato, finito anzi in ogni contorno, preciso, limpido, ordinato e vivo, quel mondo che altri aveva messo insieme grossolanamente e aveva popolato di esseri, che, o per la loro goffaggine o per la loro sciocchezza o per la puerile loro incoerenza, ecc. non potevano in alcun modo esser presi sul serio neppure dai loro stessi autori; e poi di maghi e di fate e di mostri che, naturalmente, ne accrescevano la irrealtà e la inverosimiglianza. Il poeta toglie questi esseri dal loro stato di fantocci o di fantasmi, dà loro consistenza e coerenza, vita e carattere. Obbedisce fin qui alla propria fantasia, istintivamente. Poi subentra la speculazione. C'è, ho detto, un elemento irriducibile in quel mondo, un elemento cioè che il poeta non riesce a oggettivar seriamente, senza mostrar coscienza della irrealtà di esso. Con quel meraviglioso accorgimento, di cui ho fatto parola più su, egli però s'industria di renderlo coerente con tutto il resto. Ma non sempre in questo giuoco la fantasia lo assiste. E allora egli s'ajuta con la speculazione: la vita perde il movimento spontaneo, diventa macchina, allegoria. E uno sforzo. Il poeta intende di dare una certa consistenza a quelle costruzioni fantastiche, di cui sente la irrealtà irriducibile, per mezzo di una – dirò così - impalcatura morale. Sforzo vano e malinteso, perché il solo fatto di dar senso allegorico a una rappresentazione dà a veder chiaramente che già si tien questa in conto di favola che non ha alcuna verità né fantastica né effettiva, ed è fatta per la dimostrazione di una verità morale. C'è da giurare che al poeta non prema affatto la dimostrazione d'alcuna verità morale, e che quelle allegorie siano nel poema suggerite dalla riflessione, per rimedio. Quello era il mondo; quelli, gli elementi, ch'esso offriva. L'elemento della magia, del meraviglioso cavalleresco non si poteva in alcun modo eliminare senza snaturare al tutto quel mondo. E allora il poeta o cerca di ridurlo a simbolo, o senz'altro lo accoglie, ma - naturalmente - con un sentimento ironico.

Un poeta può, non credendo alla realtà della propria creazione, rappresentarla come se ci credesse, cioè non mostrare affatto coscienza della irrealità di essa può rappresentar come vero un suo mondo affatto fantastico, di sogno, regolato da leggi sue proprie, e, secondo queste leggi, perfettamente logico e coerente. Quando un poeta si mette in codeste condizioni, il critico non deve più vedere se quel che il poeta gli ha posto innanzi è vero o è sogno, ma se come sogno è vero; poiché il poeta non ha voluto rappresentare una realtà effettiva, ma un sogno che avesse apparenza di realtà, s'intende di sogno, fantastica, non effettiva.

Ora questo non è il caso dell'Ariosto. In più d'un punto, come abbiamo già notato, egli mostra apertamente coscienza della irrealità della sua creazione, la mostra anche dove all'elemento meraviglioso di quel mondo dà valore morale e consistenza logica, non fantastica. Il poeta non vuol creare e rappresentare come vero un sogno; non è preoccupato soltanto della verità fantastica del suo mondo, è preoccupato anche della realtà effettiva; non vuole che quel suo mondo sia popolato di larve o di fantocci, ma di uomini vivi e veri, mossi e agitati dalle nostre stesse passioni; il poeta in somma vede, non le condizioni di quel passato leggendario divenute realtà fantastica nella sua visione, ma le ragioni del presente, trasportate e investite in quel mondo lontano. Ora naturalmente, allorché esse vi trovano elementi capaci di accoglierle, la realtà fantastica si salva; ma allorché non li trovano, per la irriducibilità stessa di quegli elementi, l'ironia scoppia, inevitabile, e quella realtà si frange.

Quali sono queste ragioni del presente? Sono le ragioni del buon senso, di cui il poeta è dotato; sono le ragioni della vita entro i limiti della possibilità naturale: limiti che in parte la leggenda, in gran parte il capriccioso arbitrio di rozzi e volgari cantatori aveva balordamente, goffamente o grottescamente violati; sono le ragioni del tempo, in fine, in cui il poeta vive.

Abbiamo veduto Ferraù e Rinaldo a cavallo insieme, guidati - com'ho detto - da un criterio molto positivo e pochissimo cavalleresco; abbiamo ascoltato il consiglio dell'abbate a Rinaldo in cerca d'avventure; tant'altri esempii potremmo recare, ma basterà senz'altro quello della volata di Ruggiero su l'ippogrifo. Anche quando il poeta con la magia dello stile riesce a dar consistenza di realtà a quell'elemento meraviglioso, levandosi poi a un volo troppo alto in questa realtà fantastica, tutt'a un tratto, quasi temesse d'averne lui stesso o chi l'ascolta il capogiro, precipita a posarsi su la realtà effettiva, rompendo così l'incanto della fantastica. Ruggiero vola sublime su l'ippogrifo; ma anche dalla sublimità di quel volo il poeta avvista in terra le ragioni del presente, che gli gridano: - Cala! cala!

Non crediate, Signor, che però stia

Per sí lungo cammin sempre su l'ale:

Ogni sera all'albergo se ne gia

Schivando a suo poter d'alloggiar male.

E quest'ippogrifo è vero? proprio vero? Lo rappresenta cioè il poeta senza mostrare affatto coscienza dell'irrealità di esso? Lo vede la prima volta calar dal castello d'Atlante sui Pirenei, con in groppa il mago, e dice che - sí - il castello, come castello, non era vero, era finto, opera di magia; ma l'ippogrifo no, l'ippogrifo era vero e naturale. Proprio vero? proprio naturale? Ma sí, generato da un grifo e da una giumenta. Sono animali che vengono nei monti Rifei.

- Ah sì? proprio proprio? e come va che non se ne vedono mai? - Oh Dio; ne vengono, ma rari... - Quest'attenuazione, prettamente ironica, mi fa pensare a quella farsa napoletana, ove un impostore si lagna delle sue sciagure, e tra le altre, di quella del padre, che, prima di morire, penò tanto, ridotto a vivere, poveretto, non so per quanti mesi senza fegato: all'osservazione, che senza fegato non si può vivere, concede che sì, ne aveva, ma poco, ecco! Così gl'ippogrifi; ne vengono; ma rari! Proprio da impostore, il poeta non vuol passare. Ha l'aria di dirvi: - Signori miei, di codeste fole io non posso farne a meno, bisogna pure che c'entrino, nel mio poema; e bisogna che io, fin dove posso, mostri di crederci. - Ecco qua la gran muraglia che cinge la città d'Alcina:

... Par che la sua altezza a ciel s'aggiunga

E d'oro sia dall'alta cima a terra.

Ma come? Una muraglia di tal fatta, tutta d'oro?

Alcun dal mio parer qui si dilunga

E dice ch'ella è alchimia; e forse ch'erra,

Ed anco forse meglio di me intende:

A me par oro, poiché sí risplende.

Come ve lo deve dir meglio il poeta? Sa come voi che «non è tutt'oro, quel che luce»; ma a lui oro deve parere, «poiché sì risplende...». Per *intonarsi* quanto più può con quel mondo, fin da principio s'è dichiarato matto come il suo eroe. È tutto un giuoco di continui accomodamenti per stabilir l'accordo tra sé e la materia, tra le condizioni inverosimili di quel passato leggendario e le ragioni del presente. Dice:

Chi va lontan dalla sua patria, vede

Cose da quel che già credea, lontane;

Che narrandole poi, non se gli crede,

E stimato bugiardo ne rimane;

Ché 'l sciocco vulgo non gli vuol dar fede

Se non le vede e tocca chiare e piane.

Per questo io so che l'inesperienza

Farà al mio canto dar poca credenza.

   Poca o molta ch'io ci abbia non bisogna

   Ch'io ponga mente al vulgo sciocco e ignaro.

   A voi so ben che non parrà menzogna

   Che 'l lume del discorso avete chiaro.

Qui «aver chiaro il lume del discorso» significa «saper leggere sotto il velame dei versi». Siamo nel canto d'Alcina: e il poeta ci suggerisce: «S'io dico Alcina, s'io dico Melissa, s'io dico Erifilla, s'io dico l'*iniqua* frotta, o Logistilla, Andronica o Fronesia o Dicilla o Sofrosina, voi intendete bene a che cosa io voglia alludere». È un altro espediente (non felice) per stabilir l'accordo, ma che pure, come tutti gli altri, scopre l'ironia del poeta, cioè la coscienza della irrealità della sua creazione. Dove l'accordo non si può stabilire, questa ironia però non scoppia mai stridula o stonata, appunto perché l'accordo è sempre nell'intenzione del poeta, e quest'intenzione d'accordo è per sé stessa ironica.

L'ironia è nella visione che il poeta ha, non solo di quel mondo fantastico, ma della vita stessa e degli uomini. Tutto è favola e tutto è vero, poiché è fatale che noi crediamo vere le vane parvenze che spirano dalle nostre illusioni e dalle passioni nostre; illudersi può esser bello, ma del troppo immaginare si piange poi sempre la frode: e questa frode ci appare comica o tragica secondo il grado della partecipazione nostra ai casi di chi la subisce, secondo l'interesse o la simpatia che quella passione o quell'illusione ci suscitano, secondo gli effetti che quella frode produce. Così avviene che noi vediamo il sentimento ironico del poeta mostrarsi anche sotto un altro aspetto nel poema, non più spiccato ed evidente, ma attraverso la rappresentazione stessa, in cui è riuscito a trasfondersi per modo che essa cosi si senta e così si voglia. Il sentimento ironico, in somma, oggettivato, spira dalla rappresentazione stessa anche là dove il poeta non mostra apertamente coscienza della irrealità di essa.

Ecco qua Bradamante in cerca del suo Ruggiero: per salvarlo, ha corso rischio di perire per mano del maganzese Pinabello; il poeta le fa soffrire insieme coi lettori il supplizio di sentirsi predire e di vedersi mostrare a dito dalla maga Melissa tutti gl'illustri suoi discendenti; e poi va, va per monti inaccessibili, sale balze, traversa torrenti, arriva al mare, trova l'albergo ov'è Brunello (e qui non dice se ella vi mangia); riprende la via

Di monte in monte e d'uno in altro bosco,

e si riduce fin sui Pirenei; s'impadronisce dell'anello; lotta con Atlante; riesce a romper l'incanto; scioglie in fumo il castello del mago; e, sissignori, dopo aver corso tanto, dopo essersi tanto affannata e travagliata, si vede portar via dall'ippogrifo il suo Ruggiero liberato. Non le resta che ricevere le congratulazioni di coloro ch'ella non s'era curata di liberare! Ma neanche queste, perché:

Le donne e i cavalier si trovar fuora

Delle superbe stanze alla campagna

E furon di lor molte a cui ne dolse;

Che tal franchezza un gran piacer lor tolse.

L'Ariosto non aggiunge altro. Un vero umorista non si sarebbe lasciata sfuggire la stupenda occasione di descrivere gli effetti nelle donne e nei cavalieri dell'improvviso sciogliersi dell'incanto, del ritrovarsi alla campagna, e il dolore del perduto bene della schiavitù per una libertà che dal bel sogno li faceva piombare nella realtà nuda e cruda. La descrizione manca affatto. Il poeta si compiace in un'altra descrizione, invece, come già Atlante si compiaceva di scherzare coi cavalieri che venivano a sfidarlo; voglio dire nella descrizione comica di tutti quei liberati, che vorrebbero impadronirsi dell'ippogrifo, il quale li mena per la campagna:

Come fa la cornacchia in secca arena

Che seco il cane or qua or la si mena.

Perché manca quell'altra descrizione? Ma perché il poeta si è posto fin da principio, rispetto alla sua materia, in condizioni del tutto opposte a quelle in cui si sarebbe messo un umorista. Egli schiva il contrasto e cerca l'accordo tra le ragioni del presente e le condizioni favolose di quel mondo passato: lo ottiene sì, ironicamente, perché, com'ho detto, è per sé stessa ironica quell'intenzione d'accordo; ma l'effetto è che quelle condizioni non si affermano come realtà nella rappresentazione, si sciolgono, per dirla col De Sanctis, nell'ironia, la quale, distruggendo il contrasto, non può più drammatizzarsi comicamente, ma resta comica, senza dramma.

Si affermano invece le ragioni del presente trasportate e investite negli elementi di quel mondo lontano capaci d'accogliere, e allora possiamo anche avere il dramma, ma seriamente e finanche tragicamente rappresentato: Ginevra, Olimpia, la pazzia d'Orlando. I due elementi - comico e tragico - non si fondono mai.

Si fonderanno in un'opera, nella quale il poeta, ben lungi dal mostrar coscienza della irrealtà di quel mondo fantastico; ben lungi dal cercar con esso l'accordo che di necessità non è possibile se non ironicamente, palesata in tanti modi la coscienza di quella irrealtà; ben lungi dal trasportare in quel mondo fantastico le ragioni del presente per investirne gli elementi capaci d'accoglierle; darà a questo mondo fantastico del passato consistenza di persona viva, corpo, e lo chiamerà Don Quijote, e gli porrà in mente e gli darà per anima tutte quelle fole e lo porrà in contrasto, in urto continuo e doloroso col presente. Doloroso, perché il poeta sentirà viva e vera entro di sé questa sua creatura e soffrirà con essa dei contrasti e degli urti.

A chi cerca contatti e somiglianze tra l'Ariosto e il Cervantes, basterà semplicemente por bene in chiaro in due parole le condizioni in cui fin da principio il Cervantes ha messo il suo eroe e quelle in cui s'è messo l'Ariosto. Don Quijote non finge di credere, come l'Ariosto, a quel mondo meraviglioso delle leggende cavalleresche: ci crede sul serio; lo porta, lo ha in sé quel mondo, che è la sua realtà, la sua ragion d'essere. La realtà che porta e sente in sé l'Ariosto è ben altra; e con questa realtà in sé, egli è come sperduto nella leggenda. Don Quijote, invece, che ha in sé la leggenda, è come sperduto nella realtà. Tanto è vero che, per non vaneggiar del tutto, per ritrovarsi in qualche modo, così sperduti come sono, l'uno si mette a cercar la realtà nella leggenda; l'altro, la leggenda nella realtà.

Come si vede, son due condizioni al tutto opposte.

Sì: vi dice Don Quijote, i molini a vento son molini a vento, ma sono anche giganti: non io, Don Quijote, ho scambiato per giganti i molini a vento; ma il mago Freston ha cangiato in molini a vento i giganti.

Ecco la leggenda nella realtà evidente.

Sì: vi dice l'Ariosto, Ruggiero vola su l'ippogrifo: il mago Freston, cioè la stramba immaginazione dei miei antecessori, ha cacciato dentro a questo mondo anche bestie siffatte, e bisogna ch'io ci faccia volar su il mio Ruggiero: però vi dico che ogni sera egli se ne va all'albergo e schiva a suo potere d'alloggiar male.

Ecco nella leggenda evidente la realtà.

Ma intanto, altro è fingere di credere, altro è credere sul serio. Quella finzione, per sé stessa ironica, può condurre a un accordo con la leggenda, la quale, o si scioglie facilmente nell'ironia, come abbiamo veduto, o con un procedimento inverso a quello fantastico, cioè con una impalcatura logica, si lascia ridurre a parvenza di realtà. La realtà vera, invece, se per un momento si lascia alterare in forme inverosimili dalla contemplazione fantastica d'un maniaco, resiste e rompe il naso, se questo maniaco non si contenta più di contemplarla a suo modo da lontano, ma viene a darvi di cozzo. Altro è abbattersi a un castello finto, che si lascia a un tratto sciogliere in fumo, altro a un molino a vento vero che non si lascia atterrare come un gigante immaginario.

- *Mire vuestra merced*, grida Sancho al suo padrone, *que aquellos que allì se parecen, no son gigantes, sino molinos de viento, y lo que en ellos parecen brazos son las aspas, que volteadas del viento hacen andar la piedra del molino.*

Ma Don Quijote volge uno sguardo compassionevole al suo panciuto scudiero, e grida ai molini:

- *Pues aunque moveis mas brazos que los del gigante Briareo, me lo habeis de pagar.*

La paga lui, ohimè. E noi ridiamo. Ma il riso che qua scoppia per quest'urto con la realtà è ben diverso di quello che nasce là per l'accordo che il poeta cerca con quel mondo fantastico per mezzo dell'ironia, che nega appunto la realtà di quel mondo. L'uno è il riso dell'ironia, l'altro il riso dell'umorismo.

Allorché Orlando urta anche lui contro la realtà e smarrisce del tutto il senno, getta via le armi, si smaschera, si spoglia d'ogni apparato leggendario, e precipita, uomo nudo, nella realtà. Scoppia la tragedia. Nessuno può ridere del suo aspetto e de' suoi atti; quanto vi può esser di comico in essi è superato dal tragico del suo furore.

Don Quijote è matto anche lui; ma è un matto che non si spoglia; è un matto anzi che si veste, si maschera di quell'apparato leggendario e, cosi mascherato, muove con la massima serietà verso le sue ridicole avventure.

Quella nudità e questa mascheratura sono i segni più manifesti della loro follia. Quella, nella sua tragicità, ha del comico; questa ha del tragico nella sua comicità. Noi però non ridiamo dei furori di quel nudo; ridiamo delle prodezze di questo mascherato, ma pur sentiamo che quanto vi è di tragico in lui non è del tutto annientato dal comico della sua mascheratura, cosi come il comico di quella nudità è annientato dal tragico della furibonda passione. Sentiamo in somma che qui il comico è anche superato, non però dal tragico, ma attraverso il comico stesso. Noi commiseriamo ridendo, o ridiamo commiserando.

Come è riuscito il poeta a ottenere questo effetto?

Per conto mio, non so proprio capacitarmi che l'ingegnoso gentiluomo Don Quijote sia nato *en un lugar de la Mancha*, e non piuttosto in Alcalà de Henares nell'anno 1547. Non so capacitarmi che la famosa battaglia di Lepanto, che doveva, come tante magnanime imprese della cavalleria, strepitosamente apparecchiate, cader nel vuoto, così che l'arguto Gran Visir di Selim poté dire ai cristiani: - «Noi vi abbiamo tagliato un braccio prendendovi l'isola di Cipro; ma voi che ci avete fatto, distruggendoci tante navi subito ricostruite? La barba, che ci è rinata il giorno dopo!» - non so capacitarmi, dicevo, che la famosa battaglia di Lepanto, di cui i confederati cristiani non seppero trarre alcun profitto, non sia qualcosa come *la espantable y jamàs imaginada aventura de los molinos de viento.*

- Questa è, - dice Don Quijote al suo fido scudiero, - questa è, Sancho, buona guerra, e gran servizio a Dio toglier tanto mal seme dalla faccia della terra!

Non vedeva dunque il turbante turco Don Quijote in capo a quei giganti, che al buon Sancho parevano molini a vento?

Forse erano, per la Spagna.

L'isola di Cipro poteva premere ai signori veneziani, una guerra contro i Turchi poteva premere a Pio V, fiero papa domenicano, nelle cui vecchie vene fremeva ancor caldo il sangue della giovinezza. Ma a que' bei dì di primavera, quando il Torres giunse in Ispagna, inviato dal Papa a patrocinar la causa de' Veneziani, Filippo II moveva verso i festeggiamenti sontuosi di Cordova e di Siviglia: molini a vento, le navi del Gran Visir!

Non per Don Quijote, però: dico per il Don Quijote, non della Mancha, ma di Alcalà. Eran giganti veri per lui, e con che cuore di gigante mosse incontro a loro.

Gli avvenne male, ahimè ! Ma all'evidenza, come ad alcun nemico, come alla sorte ingrata, egli non volle arrendersi mai! E disse allora che le cose della guerra van soggette più delle altre a continui mutamenti: pensò, e gli parve la verità, che il tristo incantatore suo nemico, il mago Freston, colui che gli aveva tolto i libri e la casa, aveva cangiato i giganti in molini per togliergli anche il vanto della vittoria.

Questo soltanto? Anche una mano gli tolse, il tristo mago. Una mano, e poi la libertà.

Molti han voluto cercar la ragione per cui Miguel Cervantes de Saavedra, prode soldato, reduce di Lepanto e di Terceira, piuttosto che cantare epicamente, come alla sua natura eroica sarebbe meglio convenuto, le gesta del Cid o i trionfi di Carlo v, o la stessa giornata di Lepanto o la spedizione delle Azzorre, poté concepire un tipo come il Cavaliere dalla Trista Figura e comporre un libro come il Don Quijote. E si è voluto finanche supporre che il Cervantes creasse il suo eroe per la stessa ragione per cui più tardi il nostro buon Tassoni il suo Conte di Culagna. Qualcuno, è vero, si è spinto fino a dire che la vera ragione del lavoro sta nel contrasto, costante in noi, fra le tendenze poetiche e quelle prosaiche della nostra natura, fra le illusioni della generosità e dell'eroismo e le dure esperienze della realtà. Ma questa che, se mai, vorrebbe essere una spiegazione astratta del libro, non ci dà la ragione per cui fu composto.

Scartate come inammissibili le vedute del Sismondi e del Bouterwek, tutti, o più o meno, si sono attenuti a ciò che lo stesso Cervantes dichiara nel prologo della prima parte del suo capolavoro e nella chiusa del secondo volume: che il libro cioè non ha altro fine che quello d'arrestare e di distruggere l'importanza che hanno nel mondo e presso il volgo i libri di cavalleria, e che il desiderio dell'autore altro non è stato che quello di abbandonare all'esecrazione degli uomini le false stravaganti storie della cavalleria, le quali, colpite a morte da quella del suo vero *Don Quijote*, non camminano più se non traballando e hanno indubbiamente a cadere del tutto.

Ora noi ci guarderemo bene dal contradire allo stesso autore; tanto più che è noto a tutti qual potere avessero a quei dì in Ispagna i libri di cavalleria e come il gusto per siffatta letteratura avesse assunto il grado della follia. Ci avvarremo anzi anche noi di queste parole e ci serviremo dell'autore stesso e della stessa storia della sua vita per dimostrare la vera ragione del libro e quella, più profonda, dell'umorismo di esso.

Come nasce al Cervantes l'idea di coglier vivo e vero nel suo paese e nel tempo suo, anziché lontano, in Francia, al tempo di Carlomagno, l'eroe da celebrare con quell'intento espresso nelle parole del prologo? Quando e dove gli nasce quest'idea e perché?

Non è senza ragione il favore straordinario per la letteratura epica e cavalleresca in quel tempo: è l'incubo del secolo del poeta la lotta fra Cristianità e Islamismo. E il poeta, fin dall'infanzia anche lui sotto il fascino dello spirito cavalleresco, povero, ma altero discendente d'una nobile famiglia da più secoli devota alla monarchia e alle armi, fu per tutta la vita uno strenuo difensore della sua fede. Non aveva dunque bisogno d'andarlo a cercar lontano, nella leggenda, l'eroe, cavaliere della fede e della giustizia: lo aveva presente in sé. E quest'eroe combatte a Lepanto; quest'eroe tien testa per cinque anni, schiavo in Algeri, ad Hassan, il feroce re berbero: quest'eroe combatte in tre altre campagne per il suo re contro a Francesi e Inglesi.

Come mai, tutt'a un tratto, gli si mutano in molini a vento queste campagne, e l'elmo che ha in testa in un vil piatto da barbiere?

Ha avuto molta fortuna una considcrazione del Sainte-Beuve, che cioè nei capolavori del genio umano viva nascosta una *plusvalenza* futura, la quale si svolge di per sé sola, indipendentemente dagli autori medesimi, come dal germe si svolgono il fiore ed il frutto senza che il giardiniere abbia fatto altro se non avere zappato bene, rastrellato, innaffiato il terreno, e dato ad esso tutte quelle cure e conferito quegli elementi che meglio valessero a fecondarlo. Di questa considerazione avrebbero potuto farsi forti tutti coloro che nel Medio Evo scoprivano non so che allegorie nei poeti greci e latini. Era anche questo un modo di sciogliere in rapporti logici le creazioni della fantasia. Certo, quando un poeta riesce veramente a dar vita a una sua creatura, questa vive indipendentemente dal suo autore, tanto che noi possiamo immaginarla in altre situazioni in cui l'autore non pensò di collocarla, e vederla agire secondo le intime leggi della sua propria vita, leggi che neanche l'autore avrebbe potuto violare; certo, questa creatura, in cui il poeta riuscì a raccogliere istintivamente, ad assommare e a far vivere tanti particolari caratteristici e tanti elementi sparsi qua e là, può divenir poi quel che suol dirsi *un tipo*, ciò che non era nell'intenzione dell'autore nell'atto della creazione.

Ma si può dir questo veramente del Don Quijote del Cervantes? Si può dire e sostenere sul serio che l'intenzione del poeta nel comporre il suo libro era solamente quella di toglier con l'arma del ridicolo ogni autorità e prestigio che avevan nel mondo e presso il volgo i libri di cavalleria, a fine di distruggerne i mali effetti, e che il poeta non si sognò mai di porre in quel suo capolavoro tutto quello che ci vediamo noi?

Chi è Don Quijote, e perché è ritenuto pazzo?

Egli in fondo non ha - e tutti lo riconoscono - che una sola e santa aspirazione: la giustizia. Vuol proteggere i deboli e atterrare i prepotenti, recar rimedio agli oltraggi della sorte, far vendetta delle violenze della malvagità. Quanto più bella e più nobile sarebbe la vita, più giusto il mondo, se i propositi dell'ingegnoso gentiluomo potessero sortir il loro effetto! Don Quijote è mite, di squisiti sentimenti, prodigo e non curante di sé, tutto per gli altri. E come parla bene! Quanta franchezza e quanta generosità in tutto ciò che dice! Egli considera il sacrificio come un dovere, e tutti i suoi atti, almeno nelle intenzioni, son meritevoli d'encomio e di gratitudine.

E allora la satira dov'è? Noi tutti amiamo questo virtuoso cavaliere; e le sue disgrazie se da un canto ci fanno ridere, dall'altro ci commuovono profondamente.

Se il Cervantes voleva far dunque strazio dei libri di cavalleria, per i mali effetti che essi producevano negli animi de' suoi contemporanei, l'esempio ch'egli reca con Don Quijote non è calzante. L'effetto che quei libri producono in Don Quijote non è disastroso se non per lui, per il povero Hidalgo. Ed è cosi disastroso, solo perché l'idealità cavalleresca non poteva più accordarsi con la realtà dei nuovi tempi.

Orbene, questo appunto, a sue spese, aveva imparato don Miguel Cervantes de Saavedra. Com'era stato egli rimeritato del suo eroismo, delle due archibugiate e della perdita della mano nella battaglia di Lepanto, della schiavitù sofferta per cinque anni in Algeri, del valore dimostrato nell'assalto di Terceira, della nobiltà dell'animo, della grandezza dell'ingegno, della modestia paziente? che sorte avevano avuto i sogni generosi, che lo avevano tratto a combattere sui campi di battaglia e a scrivere pagine immortali? che sorte le illusioni luminose? S'era armato cavaliere come il suo Don Quijote, aveva combattuto, affrontando nemici e rischi d'ogni sorta per cause giuste e sante, s'era nutrito sempre delle più alte e nobili idealità, e qual compenso ne aveva avuto? Dopo aver miseramente stentato la vita in impieghi indegni di lui; prima scomunicato, da commissario di proviande militari in Andalusia; poi, da esattore, truffato, non va forse a finire in prigione? E dov'è questa prigione? Ma lì, proprio lì nella Mancha! In un'oscura e rovinosa carcere della Mancha, nasce il Don Quijote.

Ma era già nato prima il vero Don Quijote: era nato in Alcalà de Henares nel 1547. Non s'era ancora riconosciuto, non s'era veduto ancor bene: aveva creduto di combattere contro i giganti e di avere in capo l'elmo di Mambrino. Lì, nell'oscura carcere della Mancha, egli si riconosce, egli si vede finalmente; si accorge che i giganti eran molini a vento e l'elmo di Mambrino un vil piatto da barbiere. Si vede, e ride di sé stesso. Ridono tutti i suoi dolori. Ah, folle! folle! folle! Via, al rogo, tutti i libri di cavalleria!

Altro che *plusvalenza* futura! Leggete nello stesso prologo alla prima parte ciò che il Cervantes dice all'ozioso lettore: «Io non ho potuto contravvenire all'ordine naturale che vuole che *ogni cosa generi ciò che le somiglia.* E così, che cosa poteva mai generare lo sterile e mal coltivato ingegno mio, se non la storia d'un figlio rinsecchito, ingiallito e capriccioso, pieno di pensieri varii non mai finora da alcun altro immaginati; generato com'ei fu in una carcere, dove ogni angustia siede ed ha stanza ogni tristo umore?».

Ma come si spiegherebbe altrimenti la profonda amarezza che è come l'ombra seguace d'ogni passo, d'ogni atto ridicolo, d'ogni folle impresa di quel povero gentiluomo della Mancha? E il sentimento di pena che ispira l'immagine stessa nell'autore, quando, materiata com'è del dolore di lui, si vuole ridicola. E si vuole così, perché la riflessione, frutto d'amarissima esperienza, ha suggerito all'autore il sentimento del contrario, per cui riconosce il suo torto e vuol punirsi con la derisione che gli altri faranno di lui.

Perché Cervantes non cantò il Cid Campeador? Ma chi sa se nell'oscura e rovinosa carcere l'immagine di quest'eroe non gli s'affacciò veramente, a destargli un'angosciosa invidia!

Tra Don Quijote, che nel suo tempo volle vivere come, non già nel loro, ma fuori del tempo e fuori del mondo, nella leggenda o nel sogno dei poeti avevano vissuto i cavalieri erranti, e il Cid Campeador che, ajutando il tempo, poté facilmente far leggenda della sua storia, non avvenne in quella carcere, alla presenza del poeta, un dialogo?

Presso le altre genti il romanzo cavalleresco aveva creato a sé stesso personaggi fittizii, o meglio, il romanzo cavalleresco era sorto dalla leggenda che si era formata intorno ai cavalieri. Ora la leggenda che fa? Accresce, trasforma, idealizza, astrae dalla realtà comune, dalla materialità della vita, da tutte quelle vicende ordinarie, che creano appunto le maggiori difficoltà nell'esistenza. Perché un personaggio non più fittizio, ma un uomo che prenda a modello le smisurate immagini ideali messe su dall'immaginazione collettiva o dalla fantasia d'un poeta, riesca a riempir di sé queste grandiose maschere leggendarie, ci vuole non solo una grandezza d'animo straordinaria, ma anche il tempo che ajuti. Questo avvenne al Cid Campeador.

Ma Don Quijote? Coraggio a tutta prova, animo nobilissimo, fiamma di fede; ma quel coraggio non gli frutta che volgari bastonate; quella nobiltà d'animo è una follia; quella fiamma di fede è un misero stoppaccio ch'egli si ostina a tenere acceso, povero pallone mal fatto e rappezzato, che non riesce a pigliar vento, che sogna di lanciarsi a combattere con le nuvole, nelle quali vede giganti e mostri, e va intanto terra terra, incespicando in tutti gli sterpi e gli stecchi e gli spuntoni, che ne fanno strazio, miseramente.

VI. Umoristi italiani

Non è mia intenzione tracciare, neppure per sommi capi, la storia dell'umorismo presso le genti latine e segnatamente in Italia. Ho voluto soltanto, in questa prima parte del mio lavoro, oppormi a quanti han voluto sostenere che esso sia un fenomeno esclusivamente moderno e quasi una prerogativa delle genti anglo-germaniche, in base a certi preconcetti, a certe divisioni e considerazioni, arbitrarie le une, sommarie le altre, come mi sembra di aver dimostrato.

La discussione intorno a queste divisioni arbitrarie e considerazioni sommarie, se forse mi ha fatto ritardare alquanto il cammino, che mi ero proposto più spedito, trattenendomi a osservar da presso certi particolari aspetti, certe particolari condizioni nella storia della nostra letteratura; tuttavia non mi ha disviato mai dall'argomento principale, che del resto vuol essere trattato con sottile penetrazione e minuta analisi. Vi ho girato attorno, ma per circuirlo sempre più e penetrarlo meglio da ogni parte.

A qualcuno che forse avrà creduto di trovare una contradizione tra il mio assunto e gli esempii finora recati di scrittori italiani, nei quali non ho riconosciuto la nota del vero umorismo, ricorderò che io ho parlato in principio di due maniere d'intenderlo, e ho detto che il vero nodo della questione è appunto qui: cioè, se l'umorismo debba essere inteso nel senso largo con cui comunemente si suole intendere, e non in Italia soltanto; o in un senso più stretto e particolare, con peculiari caratteri ben definiti, che è per me il giusto modo d'intenderlo. Inteso in quel senso largo - ho detto - se ne può trovare in gran copia nella letteratura così antica come moderna d'ogni paese; inteso in questo senso stretto e per me proprio, se ne troverà parimenti, ma in molto minor copia, anzi in *pochissime espressioni eccezionali*, così presso gli antichi come presso i moderni d'ogni paese, non essendo prerogativa di questa o di quella razza, di questo o di quel tempo, ma frutto di una specialissima disposizione naturale, d'un intimo processo psicologico che può avvenire tanto in un savio dell'antica Grecia, come Socrate, quanto in un poeta dell'Italia moderna, come Alessandro Manzoni.

Non è lecito però assumere a capriccio questo o quel modo d'intendere e applicar l'uno a una letteratura, per concludere che essa non ha umorismo, e applicar l'altro a un'altra per dimostrare che l'umorismo vi sta di casa. Non è lecito sentir soltanto negli stranieri, a causa della lingua diversa, quel particolar sapore, che per la familiarità dello stesso strumento espressivo non si avverte più nei nostri, ma nei quali intanto gli stranieri a lor volta lo avvertono. Cosi facendo, noi saremo i soli a non riconoscer traccia d'umorismo nella nostra letteratura, mentre vedremo gl'Inglesi, ad esempio, porre a capo della loro un umorista, il Chaucer, il quale, se mai, può esser considerato per tale, ove si assuma l'umorismo nel senso più largo, in quel senso cioè per cui può esser considerato quale umorista anche il Boccaccio e tanti altri scrittori nostri con lui.

Nessuna contradizione, dunque, da parte nostra. La contradizione invece è in coloro che, dopo aver affermato che l'umorismo è un fenomeno nordico e una prerogativa delle genti anglo-germaniche, quando poi vogliono recare due esempii mirabili del più schietto e compiuto umorismo, citano Rabelais e Cervantes, un francese e uno spagnuolo; oppure il Rabelais e il Montaigne; e citando il Rabelais non hanno occhi per vedere in casa loro il Pulci, il Folengo, il Berni; e, citando il Montaigne, che è il tipo dello scettico sereno, non avido di lotte, sorridente, senza impeti, senza ideali da difendere, senza virtù da seguire, lo scettico che tollera tutto senza aver fede in nulla, che non ha né entusiasmi né aspirazioni, che si serve del dubbio per giustificare l'inerzia con la tolleranza, che dimostra una percezione della vita serena, ma sterile, indice di egoismo e di decadenza di razza, giacché il libero esame che non spinge all'azione può meglio che salvare dalla schiavitù, accettare, o rendersi complice del dispotismo, non s'accorgono, dico, che le ragioni per cui han negato a tanti scrittori italiani non solo la nota umoristica, ma anche la possibilità d'averla, sono appunto queste che dicono d'aver prodotto l'umorismo del Montaigne.

Un peso, come si vede, e due misure.

Noi vedremo che, in realtà, l'avere una fede profonda, un ideale innanzi a sé, l'aspirare a qualche cosa e il lottare per raggiungerla, lungi dall'essere condizioni necessarie all'umorismo, sono anzi opposte; e che tuttavia può benissimo essere umorista anche chi abbia una fede, un ideale innanzi a sé, un'aspirazione, e lotti a suo modo per raggiungerla. Un ideale qualsiasi, in somma, per sé stesso, non dispone affatto all'umorismo, anzi ostacola questa disposizione. Ma l'ideale può ben esserci; e se c'è, l'umorismo, che deriva da altre cause, certamente prenderà qualità da esso, come del resto da tutti gli altri elementi costitutivi dello spirito di questo o di quell'umorista. In altre parole: l'umorismo non ha affatto bisogno d'un fondo etico, può averlo o non averlo: questo dipende dalla personalità, dall'indole dello scrittore; ma, naturalmente, dall'esserci o dal non esserci, l'umorismo prende qualità e muta d'effetto, riesce cioè più o meno amaro, più o meno aspro, pende più o meno o verso il tragico o verso il comico, o verso la satira, o verso la burla, ecc.

Chi crede che sia tutto un giuoco di contrasto tra l'ideale del poeta e la realtà, e dice che si ha l'invettiva, l'ironia, la satira, se l'ideale del poeta resta offeso acerbamente e sdegnato dalla realtà; la commedia, la farsa, la beffa, la caricatura, il grottesco, se poco se ne sdegna e delle apparenze della realtà in contrasto con sé è piuttosto indotto a ridere più o meno fortemente; e che infine si ha l'umorismo, se l'ideale del poeta non resta offeso e non si sdegna, ma transige bonariamente, con indulgenza un po' dolente, mostra d'avere dell'umorismo una veduta troppo unilaterale e anche un po' superficiale. Certo molto dipende dalla disposizione d'animo del poeta; certo l'ideale di questo in contrasto con la realtà può o sdegnarsi o ridere o transigere, ma un ideale che transige non dimostra in verità d'esser molto sicuro di sé e profondamente radicato. E consisterà l'umorismo in questa limitazione dell'ideale? No. La limitazione dell'ideale sarà, se mai, non causa, ma conseguenza di quel particolar processo psicologico che si chiama umorismo.

Lasciamo star dunque una buona volta gl'ideali, la fede, le aspirazioni e via dicendo: lo scetticismo, la tolleranza, il carattere realistico, che le nostre lettere assunsero fin quasi dal loro inizio, furon bene disposizioni e condizioni favorevoli all'umorismo; l'ostacolo maggiore fu la retorica imperante, che impose leggi e norme astratte di composizione, una letteratura *di testa*, quasi meccanicamente costruita, in cui gli elementi soggettivi dello spirito eran soffocati. Infranto il giogo, abbiamo detto, di questa poetica intellettualistica dalla ribellione appunto degli elementi soggettivi dello spirito, che caratterizza il movimento romantico, l'umorismo si affermò liberamente, massime in Lombardia che del romanticismo italiano fu il campo. Ma questo così detto romanticismo fu l'ultima e clamorosa levata di scudi della volontà e del sentimento ribelli all'intelletto; in tanti altri periodi, in tanti altri momenti della storia letteraria d'ogni nazione avvennero di tali ribellioni, e ci furon sempre solitarie anime ribelli, e ci fu sempre il popolo che si espresse nei varii dialetti senza imparare a scuola regole e leggi.

Fra questi scrittori solitarii ribelli alla retorica, fra i dialettali bisogna cercar gli umoristi e, in senso largo, ne troveremo in gran copia, fin dagli inizii della nostra letteratura, segnatamente in Toscana; nel senso vero e proprio pochi ne troveremo, ma non se ne trovano di più certo nelle letterature degli altri paesi, né questi pochi nostri son da meno dei pochi stranieri, che a confusione nostra ci son messi innanzi di continuo, e son sempre quelli, se ben s'avverte, da contarli su le dita d'una mano. Solo che il valore e il sapor dei nostri, noi non lo abbiamo saputo mai né metter bene in rilievo, e pregiare, né avvertire e distinguere a dovere, perché alle loro singole e specialissime individualità la critica, guidata nella maggior parte delle nostre storie letterarie da pregiudizii che non hanno nulla che vedere con l'estetica o, comunque, da criterii generali, non ha saputo a volta a volta adattarsi e piegarsi, e ha giudicato come errori, eccessi o difetti quelli che eran caratteri peculiari. Dico questo soltanto: chi sa che giudizio troveremmo nelle nostre storie letterarie d'un libro come la *Vita e opinioni di Tristram Shandy*, se scritto in italiano, da uno scrittore italiano, chi sa che capolavoro d'umorismo sarebbero, ad esempio, la *Circe* o *I capricci* di Giusto Bottajo, se scritti in inglese, da uno scrittore inglese, o magari la stessa *Vita di Cicerone* di Gian Carlo Passeroni!

Discorrevo, qualche anno fa, appunto di questo, con un cultissimo signore inglese, conoscitore profondo della letteratura italiana.

- Neanche nel Machiavelli? - mi domandava egli con meraviglia quasi incredula. - I vostri critici non riconoscono umorismo neanche nel Machiavelli? neanche nella novella di Belfagor?

Ed io pensavo alla grandezza nuda di questo Sommo nostro, che non andò mai a vestirsi nel guardaroba della retorica; che come pochi comprese la forza delle cose; a cui la logica venne sempre dai fatti; che contro ogni sintesi confusa reagì con l'analisi più arguta e più sottile; che ogni macchina ideale smontò coi due strumenti dell'esperienza e del discorso; che ogni esagerazione di forma distrusse col riso; pensavo che nessuno ebbe maggiore intimità di stile di lui e più acuto spirito d'osservazione; che poche anime furono come la sua disposte all'apprensione dei contrasti, a ricevere più profondamente l'impressione delle incongruenze della vita; pensavo che, parendo a molti un carattere dell'umorismo quella certa cura delle minuzie e una - come dice il D'Ancona - «a giudicarla astrattamente e a prima vista, trivialità e volgarità», anch'egli, il Machiavelli, alla moltitudine talvolta si mescolò fino alla volgarità, tanto che scrisse: «Così involto tra questi pidocchi, traggo il cervello di muffa, e sfogo questa malignità di questa mia sorte, sendo contento mi calpesti per questa via per vedere se la se ne vergognassi»; ma anche:

Però se alcuna volta io rido o canto

Facciol perché non ho se non quest'una

Via da sfogare il mi' angoscioso pianto;

pensavo anche a un'acuta osservazione del De Sanctis, che cioè: «il Machiavelli adopera la tolleranza che comprende e assolve: non già la tolleranza indifferente dello scettico, dell'ebete, dello sciocco; ma la tolleranza dello scienziato, che non sente odio contro la materia ch'egli analizza e studia, e la tratta coll'ironia dell'uomo superiore alle passioni e dice: - ti tollero, non perché ti approvi, ma perché ti comprendo» - pensavo a tutti questi elementi che, a farlo apposta, se li mettiamo in fila, son proprio quelli che gl'intenditori delle letterature straniere riconoscono proprii dei veri e più celebrati umoristi (s'intende, inglesi o tedeschi), e - Dio me lo perdoni - non sapevo più se piangere o ridere di tutte le meraviglie che questi intenditori han sempre detto... che so? delle *Lettere d'un drappiere* e degli altri scritti politici del decano Gionata Swift!

A questi intenditori, che delle letterature straniere ci pongono innanzi i soliti cinque o sei scrittori umoristi, basta dare della letteratura nostra un giudizio così fatto: «L'opera d'arte è scherzo geniale di fantasia, è riso fugace d'impressione destato dalle immagini, non dalle cose, gajezza accademica di ricordi, erudita ilarità; manca il sentimento profondo della famiglia (*e ne aveva tanto lo Swift, difatti!*), della natura, della patria; o meglio manca in quella forma gaja e ne assume un'altra, acre e violenta (*e che miele, difatti, nello Swift!*), che ricorda Persio e Giovenale. Non fo nomi; basti accennare che le tradizioni classiche, lo spirito d'imitazione, la lingua ristretta nel vocabolario, schiva del popolo, impedirono nell'arte la libertà di atteggiamenti, di forma, di stile indispensabile all'humour: come altri ostacoli, il Papato, la dominazione straniera, le discordie intestine, la boria regionale e le accademie e le scuole impedirono la libertà politica, religiosa, scientifica. Ne affligge antico male; in scienza pedanti, in arte retori, nella vita attori, solenni sempre o gravi, insofferenti di analisi, corrivi alle grandi idee, sdegnosi delle modeste e lente esperienze, cercatori di tesi e di antitesi, vaporosi o empirici, atei o mistici, manierati o barbari. La nostra coltura è a strati, e non sempre nazionale; lo straniero persiste dentro a noi; le forme letterarie hanno tipi fissi; una generazione fa il testo, altre parecchie fanno le note; così si pensa e sente per riflesso, per reminiscenza o per fantasia; così ne sfugge il senso reale della vita, si ottunde quella libertà di percezione e di attitudini che crea l'umorismo; e si riproduce il circolo vizioso; gli scrittori umoristi non sorgono perché mancano le condizioni adatte, e queste non mutano perché mancano gli scrittori. Il difetto è alla radice; poco sviluppato lo spirito di curiosità; fioca la nota intima. L'humour vuole l'uno e l'altra; vuole il pensatore e l'artista; ma l'arte e la scienza presso noi son divise tra loro e divise dalla vita».

Ho citato il Machiavelli. Citerò, a questo proposito, un altro piccolo nostro che non ebbe quella «libertà di atteggiamenti, di forma, di stile indispensabile all'humour», a cui «il Papato... le accademie e le scuole impedirono la libertà politica, religiosa e scientifica», un insofferente d'analisi, pedante in scienza e retore in arte, uno che ebbe poco sviluppato lo spirito di curiosità, ecc.: Giordano Bruno, se permettete, *academico di nulla academia*, autore, tra l'altro, dello *Spaccio de la Bestia trionfante*, della *Cabala del Cavallo Pegaseo*, dell'*Asino Cillenico* e del *Candelajo*; colui che ebbe per motto, come tutti sanno: *In tristitia hilaris, in hilaritate tristis*, che pare il motto dello stesso umorismo.

E la candela di quel suo candelajo «potrà chiarir alquanto certe ombre dell'idee, le quali invero spaventano le bestie», - dice egli stesso; e dice anche: - «Considerate chi va, chi viene, che si fa, che si dice, come s'intende, come si può intendere; ché certo, contemplando quest'azioni e discorsi umani col senso d'Eraclito, o di Democrito, avrete occasion di molto o ridere o piangere».

Per conto suo, l'autore le ha contemplate col senso di Eraclito e di Democrito a un tempo.

«Qua Giordano parla per volgare, nomina liberamente, dona il proprio nome a chi la natura dona il proprio essere; non dice vergognoso quel che fa degno la natura; non copre quel ch'ella mostra aperto, chiama il pane pane, il vino vino, il piede piede, et altre parti di proprio nome; dice il mangiare mangiare, il dormire dormire, il bere bere, e così gli altri atti naturali significa con proprio titolo.»

Questo, nella *Epistola esplicatoria* che precede lo *Spaccio de la Bestia trionfante*. Apriamo un po' questo *Spaccio* e sentiamo che cosa Mercurio dice di Giove. Ecco qua: «Ha ordinato che oggi a mezzogiorno doi meloni tra gli altri, nel melonajo di Fronzino, sieno perfettamente maturi: ma che non sieno colti senon tre giorni a presso, quando non saran giudicati buoni a mangiare. Vuole che al medesimo tempo de la ivuma che sta a le radici del monte di Cicala, in casa di Gioan Bruno, trenta iviomi sieno perfetti colti, e diecesette cadano scalmati in terra, quindici siano rosi da' vermi; che Nasta, moglie d'Albenzio, mentre si vuole increspar li capegli de le tempie, vegna, per aver troppo scaldato il ferro, a bruciarsene cinquantasette, ma che non si scotte la testa, e per questa volta non biastemi quando sentirà il puzzo, ma con pazienza la passe; che dal sterco del suo bove nascano dugento cinquanta doi scarafoni, de' quali quattordici sieno calpestati e uccisi per il pie' di Albenzio, vinti sei muojano di rinversato, vinti doi vivano in caverna, ottanta vadano in peregrinaggio per il cortile, quaranta doi si retirino a vivere sotto quel ceppo vicino a la porta, sedici vadano isvoltando le pallotte per dove meglio li vien comodo, il resto corra a la fortuna... Che Ambrogio ne la centesima e duodecima spinta abbia spaccio e ispedito il negozio con la mogliera, e che non la ingravide per questa volta, ma ne l'altra volta, con quel seme in cui si convertisce quel porro cotto che mangia al presente con sapa e pane miglio».

E questo per dimostrare a Sofia che s'inganna se pensa che ai celesti non sieno a cura così le cose minime, come le più grandi.

Come si chiama questo?

Dice di sé Giordano nell'*Antiprologo* del *Candelajo*: «L'autore, se voi lo conoscete, direste ch'have una fisionomia smarrita; par che sempre sia in contemplazione de le pene de l'inferno; par sia stato a la pressa, come le barrette; un che ride, sol per far come fan gli altri. Per il più lo vedrete fastidito, restio e bizzarro: non si contenta di nulla, ritroso come un vecchio d'ottant'anni, fantastico come un cane». E Dedalo si chiama «circa gli abiti dell'intelletto» nella *proemiale epistola* al *De l'infinito Universo et Mondi*, e come Momo, dio del riso, s'introduce nello *Spaccio*.

«Lo stile del Bruno, - osserva nel suo studio mirabile su *Tre commedie italiane nel Cinquecento* il Graf - lo stile del Bruno è l'immagine viva della mente onde muove. Ad un'amplissima varietà di forme, di figurazioni e di processi, s'accoppia in esso un'efficacia impareggiabile. Pien di vitale fervore esso non si adagia ne' simmetrici spartimenti retorici, ma si devolve per effluente, organica funzione. Di natura proteiforme, con pari agevolezza s'adegua al più arduo pensiero della mente disquisitiva, e al più volgar sentimento di un'anima abjetta. Le parole vi si affrontano in riscontri impensati, e dal cozzar loro erompe sfavillando nuova luce d'idee. Esso è un vivo fermento di peregrini concetti, d'immagini epifaniche, di clausole feconde. La lingua copiosa, proporzionata alla varietà e al numero delle cose che per essa si debbono significare, non conosce, o disprezza, i ritegni e le leggi dell'accademica purità, e s'impingua di elementi tratti così da' ripositorii più augusti dell'eloquenza classica, come dagli ultimi fondi della parlata vernacola. Un istrumento sì fatto era necessario ad un ingegno che, senza smarrire mai l'equilibrio, trascorre tutti i gradi dell'essere, dagli imi termini del reale ai supremi dell'ideale. Sia che raffronti, e associi o sceveri i termini del pensiero, sia che narri o descriva, la virtù sua rimane sempre uguale a sé stessa».

Le contradizioni innegabili che il Graf in questo suo studio scopre nella mente del filosofo panteista, per cui confessa di non intendere «come si generi in essa il momento del riso» si spiegano, secondo me, perfettamente con quell'intimo e particolar processo psicologico in cui consiste appunto l'umorismo e che implica per sé stesso queste e tant'altre contradizioni.

Del resto, il Graf stesso soggiunge: «Può darsi che la contradizione tragga la origine da una certa disformità preesistente fra l'intelletto e l'indole da una parte, e fra la virtù apprensiva e la raziocinativa da un'altra».

Ma io non posso indugiarmi a discorrere su ogni scrittore che mi avvenga di nominare in questa rapida corsa. Debbo limitarmi a fuggevoli accenni, rimandando a miglior tempo uno studio compiuto e un'antologia degli umoristi italiani, che qui, dato il mio compito, sarebbe fuor di luogo. Basterà porre in vista alcuni pochi nomi; e due ne abbiamo già citati di sommi, e un terzo di più modesto scrittore, che fu di popolo e artigiano, uso, come disse egli stesso «tutto il giorno a combattere con la forbice e con l'ago: cose che se bene sono strumenti da donne, e le muse son donne, non si legge però ch'elle fussino mai adoperate da loro»: Giambattista Gelli, voglio dire, che nei giardini del Rucellai si pascolò di filosofia e diede fuori quella *Circe* e quei *Capricci di Ciusto Bottajo*, che – ripeto - chi sa che capolavori d'umorismo sembrerebbero, se scritti in inglese, da scrittore inglese.

Ma sul serio, se son considerati umoristi in Inghilterra il Congreve, lo Steele, il Prior, il Gay, non troveremo noi nella letteratura nostra da contrapporre altri nomi di scrittori, che noi, per conto nostro, non ci siamo mai sognati di chiamare umoristi, anche del Settecento, e anche di due e di tre secoli innanzi? Ma quanti bizzarri e gaj ingegni tra quei *bajoni* nostri del Cinquecento! E il Cellini? Sul serio, se ci vediamo porre innanzi *The Dunciad* del Pope, non abbiamo da prendere a piene mani, per seppellirla, tutta una letteratura, di cui sogliamo vergognarci, a cominciar dai *Mattacini* del Caro? Mancassero guerre d'inchiostro tra i letterati nostri d'ogni tempo, giù giù dai sonetti di Cecco Angiolieri contro Dante, all'*Atlantide* di Mario Rapisardi! Riso anche questo, sicuro, gajezza mala, umore, cioè fiele, collera fredda e secca, come la chiama Brunetto Latini, o malinconia nel senso originario della parola: la malinconia appunto dello Swift libellista. Penso al Franco, all'Aretino e, più qua, a quel terribile monsignor Lodovico Sergardi. A questi soltanto? Ma a ben più d'uno

è forza ch'io riguardii,

Il qual mi grida e di lontano accenna

E priega ch'io nol lasci nella penna,

vedendo con quanta larghezza gli altri imbarchino scrittori su questo *Narrenschiff* dell'umorismo! Ma sì, perché no? anche tu, Ortensio Lando, se pur volontariamente non pazzeggi come Bruto per aver diritto di vivere e di parlare con libertà, come disse Carlo Tenca; monta anche tu, autore dei *Paradossi* e del *Commentario delle cose mostruose d'Italia e d'altri luoghi*, tu che, non foss'altro, avesti il coraggio di dare ai tuoi dì dell'animalaccio ad Aristotile. Io, per me, ti lascerei a terra con tutti gli altri, a terra col Doni, a terra col Boccalini, Tacito proconsolo nell'isola di Lesbo, a terra col Dotti, a terra con tanti prima e dopo di te, il Caporali e il Lippi e il Passeroni; ma non vorrei essere io solo così rigoroso, massime quando vedo dalla barca uno che ha il diritto di starvi, incontestabile, Lorenzo Sterne, far cenni e invitar quell'ultimo dei nostri che ho nominati, a montarvi.

E Alessandro Tassoni? si deve lasciare a terra anche lui? Nelle recenti feste in suo onore, parecchi han voluto veder stoffa d'umorista vero in questo acuto e acerbo derisore, anzi disprezzatore del suo tempo. Se fosse inglese o tedesco, sarebbe già da un pezzo nella barca anche lui e degno di starvi

a giudizio de' savi universale.

Siamo sempre lì: in che senso si deve intendere l'umorismo?

L'Arcoleo, su la fine della sua seconda conferenza, dichiara di non essere incline a quella critica che, rispetto a forme letterarie, dispensa facilmente scomuniche e ostracismi, e dice che non sono molto complesse le ragioni per le quali in Italia ebbe poca vita la forma umoristica, e che egli non vuol profanare quest'argomento che merita studio speciale. Quali sieno queste ragioni molto complesse, che al lume degli stessi esempii recati dall'Arcoleo appajono qua e là contradittorie, abbiamo già veduto: da noi non c'è spirito d'osservazione né intimità di stile, siamo pedanti e accademici, siamo scettici e indifferenti, non aspiriamo a nulla. Contro queste accuse, noi abbiamo citato parecchi nomi, che mai, neppure in un lampo, sono sorti in mente all'Arcoleo. Una sola volta, parlando del Heine in fin di vita, che ride del suo dolore, pensa, per combinazione, al Leopardi che si sentiva anche lui «un tronco che pena e vive» e al Brighenti scriveva: «Io sto qui deriso, sputacchiato, preso a calci da tutti, di maniera che se vi penso mi fa raccapricciare. Tuttavia *mi avvezzo a ridere* e ci riesco». Sì, ma «restò lirico», osserva, «l'educazione classica non gli permise di essere umorista!». Ma scrisse anche certi dialoghi, se non c'inganniamo, e certe altre prosette... Restò lirico anche lì? L'educazione classica... Ma almeno la tendenza romantica avrà permesso al Manzoni di essere umorista? Che! Il suo don Abbondio «non aspira a nulla, litiga tra il dovere e la paura; è ridicolo senz'altro» . Non è questo un modo abbastanza spiccio di giudicare e mandare? Ma questo modo, veramente, tiene l'Arcoleo dal principio alla fine delle due conferenze: l'argomento è trattato così a sprazzi, per sentenze inappellabili. Umorismo: fuoco d'artifizio di scoppiettanti definizioni; poi, prima fase: dubbio e scetticismo - *«ridere del proprio pensiero»* - Amleto; seconda fase, lotta e adattamento - *«ridere del proprio dolore»* - Don Giovanni. E tra gli umoristi della prima fase son citati due francesi, Rabelais e Montaigne, e due inglesi, Swift e Sterne; tra gli umoristi della seconda, due tedeschi, Richter e Heine, tre inglesi, Carlyle, Dickens, Thackeray e poi... Marco Twain. Come si vede, nessun italiano. E dire che arriviamo fino a Marco

Twain!

L'Arcoleo conclude così: «Lo spirito comico rimase avviluppato nell'embrione della commedia dell'arte o nella poesia dialettale; e molto e ricco sviluppo ebbero invece e in poesia e in prosa, in poemi, novelle, romanzi e saggi, l'ironia e la satira. Basta confondere con queste forme l'humour, perché n'esca giudizio opposto al mio, o perché io sembri esagerato e ingiusto. Non intendo parlare di tentativi o abbozzi; si trovano facilmente in ogni storia artistica e di ogni forma: ma io non so vedere fra noi una letteratura umoristica e all'uopo non avrei che a fare un paragone tra l'Ariosto e Cervantes».

Questo paragone l'abbiamo fatto noi, e con un giudizio non opposto a quello ch'egli avrebbe dato, se avesse fatto il paragone. Tra parentesi però, Cervantes - come Rabelais, come Montaigne - è un latino; e non crediamo che la Riforma propriamente in Spagna... Lasciamo andare! Veniamo in Italia. Noi non vogliamo affatto confondere lo spirito comico, l'ironia, la satira con l'umorismo: tutt'altro! Ma non si deve neanche confondere l'umorismo vero e proprio l'humour inglese, cioè con quel tipico modo di ridere o umore che, come tutti gli altri popoli, hanno anche gl'Inglesi. Non si pretenderà, che gl'Italiani o i Francesi abbiano l'humour inglese; come non si può pretendere che gl'Inglesi ridano a modo nostro o facciano dello spirito come i Francesi. L'avranno magari fatto, qualche volta; ma ciò non vuol dire. L'umorismo vero e proprio è un'altra cosa, ed è anche per gl'Inglesi un'eccentricità di stile. Basta confondere l'una cosa e l'altra - diciamo anche noi a nostra volta - perché si venga a riconoscere una letteratura umoristica a un popolo e a negarla a un altro. Ma una letteratura umoristica si può avere a questo solo patto, cioè di far questa confusione; e allora ogni popolo avrà la sua, assommando tutte le opere in cui questo tipico umore si esprime nei più bizzarri modi; e noi potremmo cominciar la nostra, ad esempio, con Cecco Angiolieri, come gl'Inglesi la cominciano col Chaucer, e non direi che la comincino bene, non per il valore del poeta, ma perché egli mostra di aver mescolato alla bevanda nazionale un po' del vino che si vendemmia nel paese del sole. Altrimenti, una letteratura umoristica vera e propria non è possibile, presso nessun popolo: si possono avere umoristi, cioè pochi e rari scrittori in cui per natural disposizione avviene quel complicato e speciosissimo processo psicologico che si chiama umorismo. Quanti ne cita l'Arcoleo?

Certamente, l'umorismo nasce da uno speciale stato d'animo, che può, più o meno, diffondersi. Quando un'espressione d'arte riesce a conquistare l'attenzione del pubblico, questo si dà subito a pensare e a parlare e a scrivere secondo le impressioni che ne ha ricevuto; di modo che quella espressione, sorta dapprima dalla particolare intuizione d'uno scrittore, penetrata rapidamente nel pubblico, è poi da questo variamente trasformata e diretta. Così avvenne per il romanticismo, così per il naturalismo: diventarono le idee del tempo, quasi un'atmosfera ideale; e molti fecero per moda i romantici o i naturalisti, come molti per moda fecero gli umoristi in Inghilterra nel sec. XVIII, e molti furon degli umidi nel Cinquecento in Italia, e degli arcadi nel Settecento. Uno stato d'animo si può creare in noi e divenir coerente o rimaner fittizio, secondo che risponda o no alla speciale fisionomia dell'organismo psichico. Ma poi le idee del tempo mutano, cangia la moda, i pòmpili seguaci si mettono appresso ad altre navi. Chi resta? Restano quei pochi, da contar su le dita, quei pochi che ebbero, primi, l'intuizione straordinaria, o in cui quello speciale stato d'animo divenne così coerente che poteron creare un'opera organica, resistente al tempo e alla moda.

Sul serio poi l'Arcoleo crede che nella nostra letteratura dialettale non ci sia altro che spirito comico? Egli è siciliano, e certamente ha letto il Meli, e sa quanto sia ingiusto il giudizio di *arcadia superiore* dato della poesia di lui, che non fu sonata soltanto su la zampogna pastorale, ma ebbe anche tutte le corde della lira e si espresse in tutte le forme. Non c'è vero e proprio umorismo in tanta parte della poesia del Meli? Ma basterebbe citar soltanto *La cutuliata* per dimostrarlo!

Tic tic... chi fu? Cutuliata.

E non c'è umorismo, vero e proprio umorismo, in tanti e tanti sonetti del Belli? E senza parlare delle figure del Maggi, il *Giovannin Bongee*, il *Marchionn di gamb avert* di Carlo Porta non son due capolavori d'umorismo? E, poiché si parla di tipi rimasti imperituri, il *Monsù Travet* del Bersezio, *Il Nobilomo Vidal* del Gallina? E un altro scrittore dialettale abbiamo, finora quasi del tutto ignoto, grandissimo: umorista vero, se mai ce ne fu, e - a farlo apposta - meridionalissimo, di Reggio Calabria: Giovanni Merlino, rivelato or son parecchi anni, in una conferenza, da Giuseppe Mantica, suo conterraneo, che sarebbe stato anche lui un forte scrittore umorista se, nel breve corso della sua esistenza, la politica non lo avesse troppo presto distratto dalle lettere. Scrisse il Merlino i suoi libri per 55 lettori, che nomina uno per uno e divide in quattro categorie, imponendo a ciascuna di esse alcuni speciali obblighi in ricompensa del piacere loro procurato. Uno de' suoi volumi, ancora tutti inediti, è detto: *Miscellanea di varie cose sconnesse e piacevoli*, «fatta per coloro che, avendo poco cervello, vogliono istruirsi sul modo più acconcio per perderlo interamente»; gli altri sono *Memorie utili ed inutili ai posteri, ossia la vita di Giovanni Merlino del quondam Antonino di Reggio, principiata a 27 decembre 1789 e proseguita fino al 1850, composta di sette volumi*. Vorrei poter citare per disteso il lungo *Dialogo alla calabrese tra Domine Dio e Giovanni Merlino* o il *Conto con Domine Dio* per dimostrare che umorista fosse il Merlino. Nell'attesa che gli eredi lo rendano a tutti noto pubblicando i volumi, rimando alla pubblicazione che il Mantica fece di questi due impareggiabili Dialoghi, con la traduzione a fronte.

Questo, per la letteratura dialettale. Non scopre poi sul serio altro che ironia e satira l'Arcoleo negli scrittori italiani? Io penso a un certo *Socrate immaginario* d'un certo abbate del Settecento; penso al *Didimo chierico* del Foscolo; ad alcune volate in prosa del Baretti; penso ai *Promessi Sposi* del Manzoni, tutto infuso di genuino umorismo; penso al *Sant'Ambrogio* del Giusti, vera poesia umoristica, unica forse tra le tante satiriche o sentimentali; penso a quei certi dialoghi e a quelle certe prosette del Leopardi; penso all'*Asino* e al *Buco nel muro* del Guerrazzi; penso al Fanfulla del D'Azeglio; penso a Carlo Bini; penso a quella tal cucina nel castello di Fratta delle *Confessioni d 'un ottuagenario* del Nievo; penso a Camillo De Meis, al Revere; e, poiché l'Arcoleo arriva fino a Marco Twain, penso al *Re umorista*, al Demonio dello stile, all'*Altalena delle antipatie*, al *Pietro e Paola*, a *Scaricalasino*, all'*Illustrissimo* del Cantoni; al *Demetrio Pianelli* del De Marchi; penso ai poeti della scapigliatura lombarda e a tante note di schietto e profondo umorismo nelle liriche del Carducci e del Graf; penso ai tanti personaggi umoristici che popolano i romanzi e le novelle del Fogazzaro, del Farina, del Capuana, del Fucini, e anche ad alcune opere di più giovani scrittori, da Luigi Antonio Villari all'Albertazzi, al Panzini... ed ecco, la *Lanterna di Diogene* di quest'ultimo vorrei porre in una mano all'Arcoleo e nell'altra la candela del *Candelajo* del Bruno: son sicuro che parecchi scrittori umoristi scoprirebbe nella letteratura italiana antica e nuova.